dear+ novel
ORENOKOTO SUKINA KUSENI · · · · · · · · · · · · ·

俺のこと好きなくせに

渡海奈穂

JN267544

新書館ディアプラス文庫

俺のこと好きなくせに

contents

illustration:金ひかる

俺のこと好きなくせに

orenokoto sukina kuseni

1

祖父は朝のワイドショーを眺めながら、まだのんびり朝食を食べている。

自分の分の食べ終えた皿を洗っていた集《あつむ》は、台所から祖父を振り返った。テレビの端っこには九時四十五分という時刻が刻まれている。

「じいちゃん、そろそろ店開けないと」

元々開店時間なんてあってないようなものではあったが、最近、とみにそれが遅くなっているのが集の気懸かりだった。一応シャッターには『十時開店　八時閉店　休日火曜』と書いてあるのだが、十時に開店するには、もうその支度をしなくてはいけない頃合いだ。

「ああ、いい、いい。どうせこんな朝早く、誰も来ねえ。平日だし」

今年八十歳になろうとする集の祖父は、歳のわりに矍鑠《かくしゃく》としている方だと思うけれど、ここのところ何かと億劫《おっくう》そうにしていることが増えた。いつもにこにこしている人だが、にこにこしながらそんなことを言う。

まあ仕方がないかな、とも集は思う。たしかに祖父の言うとおり、張り切って店を開けたところで、この平日の午前中に訪れる客などそうそういないのだから。

「じゃあ俺、開けとくからな」

のんびりしている祖父に代わり、最近は集が開店準備をほとんど一人で請け負うようになってきている。子供の頃から手伝っていたし、高校を卒業して店の従業員という立場になってから四年、店内の業務に関してはすべて集一人でやっていけるようになってはいるのだ。

濡れた手を拭《ふ》きながら、台所から離れようとしたところで、玄関の開く音がした。がさがさというビニールの音を響かせて、廊下を歩いてくる人がいる。

「あれ、まだこっちにいたの」

小柄な中年女性が、近所のクリーニング店の袋を手に、台所兼食堂兼居間に現れた。集たちの家のすぐ裏手に住む、田橋《たばし》家の主婦、寛子《ひろこ》だ。男所帯を見兼ねて、集がほんの赤ん坊の頃から何かと仁敷《にしき》家の世話を焼いてくれている人だった。

集の両親は集が物心がつく前に亡くなっている。

「こないだの喪服《もふく》、クリーニングついでにふたりの分も取ってきたから。しまっとくわね」

勝手知ったる、というふうに、寛子が祖父の寝室にクリーニング店の袋を運ぶ。

「ありがとう、俺のも一緒にしといて」

寛子に声をかけて、集は店に向かおうとした。店は仁敷家の一階の半分ほどを占めていて、居住スペースとは小さな倉庫を挟んで、引き戸で繋がっている。

「あ、ねえそうだ集、おじいちゃんもだけど、今晩うちに来てね」

「うん？」

仁敷家と田橋家は家族ぐるみというか、ほぼ家族同然の付き合いだ。寛子はしょっちゅう集たちのために余分に作ったおかずを運んでくれるし、大皿料理の時は家に招いてくれる。

だから「うちに来て」と言われることはそう珍しくないのだが、朝のうちに少し改まった調子で言われるのが不思議で、集は店に続く廊下へ出ようとする足を止めた。

「こないだ言ってた牡丹鍋《ぼたんなべ》でもやるの？」

「あ、鍋もいいわね、大人数だし。でももう六月だし、ちょっと暑くなっちゃうかしらねえ」

集には寛子の呟きの意味がよくわからなかった。田橋家も、現在寛子とその夫の二人暮らしなので、そこに集と祖父が加わったところで、大人数というほどでもない。

「誰か来るの？」

集の家のように店をやっているのであれば、商店街の顔見知りや、商売上で付き合いのある業者が立ち寄るのも珍しくない。だが田橋家はごく普通のサラリーマン家庭だ。

だから不思議に思って訊ねたら、寛子が妙な顔になった。驚いたような、怪訝《けげん》そうな。

「誰かって、佑弥《ゆうや》よ。佑弥とその友達」

「……」

集には、寛子の言葉の意味が、やっぱりよくわからなかった。

「……え？　佑弥、戻ってくるの？　……あ、週末で？」

混乱したまま、壁のカレンダーを見遣る。さっき寛子が言ったとおり、六月。よりによって祝日が一日もない月。今日は金曜日だから、帰省するのであれば、今晩土曜と二泊できる計算ではあるが。

(でも、二年も帰ってなかったのに)

盆でも正月でもゴールデンウィークでもないのに、なぜこんな中途半端な時期に帰省などするのかと、集はひたすら訝《いぶか》しい気持ちになる。

「週末？　何言ってるの、佑弥が戻ってくるの、今日からよ。集、大丈夫？」

寛子の方も、怪訝そうな顔になって、集を見ている。

集は混乱した。

「佑弥、今度こっちの支社に転勤になったからって、戻ってくるでしょ？　それが今日じゃない。あらやだ、もしかして、本当に聞いてなかった？」

集の様子を見て、寛子が眉を顰《ひそ》める。呆れたふうな表情になった。

「やあね、集には自分で話すからって、私に口止めまでしたくせに」

「口止め？」

「驚かせたかったんじゃない？　サプライズってやつ？　普通に帰ってくればいいのにねえ、どうせしょっちゅう電話だのメールだのしてるんでしょ、あの子よく黙ってられたわ」

喪服を取り出して空《から》になったビニール袋を忙《せわ》しなく丸める寛子に、集は口を挟むことができなかった。

「それでね、とにかく、佑弥の好きなものとかたくさん作るから、集もおじいちゃんも、用がなかったらうちに来てね。――いけない、お鍋火にかけてるんだった、それじゃあね」

寛子は忙しそうに去っていく。集はぼうっとしたまま、その背中を見送った。

(佑弥が――戻ってくる)

何だか現実味がない。

嬉しいのか、喜ぶべきなのか、喜んでいいのか、集には自分でもわからなかった。

◇◇◇

田橋佑弥は集よりもふたつ年上、今年で二十五歳になる、集の幼馴染みだ。

二人は物心ついた時から一緒だった、と言っていい。両親がおらず、祖父も店に居ずっぱりだったから、集が小さな頃はほとんどの時間田橋家に預けられていた。

だから佑弥とは兄弟のように育った。遊ぶのも一緒、風呂も一緒、食事も一緒、疲れて寝入ってしまえば、迎えにきた祖父に寛子たちが「このまま寝かしちゃいましょう」と言って、結局朝まで佑弥と一緒の布団で眠ったりした。

佑弥が高校受験を迎え、集が中学一年生になる頃には、さすがに田橋家にばかり入り浸《いびた》ってはいけないと気づいたので、「学校からまっすぐ田橋家に帰る」などということはなくなり、それでもやっぱり夕食は田橋家で、寛子たちと──佑弥と一緒に食べることが多かった。

小中学までは同じ学区の学校、高校は佑弥が普通科、集が商業科と分かれはしたが、近場の同じ公立校に通った。学年が違うから数年の擦《す》れ違いがあっても、二人とも帰宅部で、まっすぐ家に帰っては、二人して遊ぶような付き合い方だった。

そんな佑弥と、生まれて初めて離れて暮らすことになったのが、二年前。

佑弥が大学を卒業して、東京の会社に就職し、一人暮らしを始めてからだ。

そして東京に行ってしまってからの二年間、佑弥は仕事が忙しいのだと言って、一度も実家に戻らなかった。盆も、正月も、ゴールデンウィークもなく働き続けているらしく、寛子はきっと寂しいのだろう、『いくら忙しいって言ったって、せめてお正月くらいは顔出したっていいじゃない、ねえ』と集に愚痴《ぐち》っていたが、集は曖昧《あいまい》に頷くことしかできなかった。

『まあ、その分まめに電話してくるから、いいんだけど』

寛子がそう続ければ、余計何と答えればいいのか、わからなくなった。

なぜならこの二年間、集は佑弥と顔を合わせるのはおろか、電話も、メールも、一度たりともしていなかったのだから。

◇◇◇

みやげのニシキ、という看板が、店の屋根に掛かっている。欅《けやき》の板に、どっしりした筆文字で書かれた看板だ。風雨にさらされてすっかり黒ずみ、今は店名を見分けるのが少し困難になっている。

店の前には細い歩道があり、ガードレールを越えた向こうは駅へと続くバス通り。バスは市内循環の他に、ときおり、観光バスも通りすがる。その車窓から店の看板がどのくらい視認《しにん》できるのか、集にはよくわからない。あまり目立ちはしないだろうとは思う。

集の祖父が店主を務め、集が従業員として雇われる形になっているのは、名前のとおりに土産物を扱う店だ。

集たちの住む町は、ちょっとした観光地になっている。

といっても、本当に『ちょっとした』と頭につけなくてはいけないようなささやかな土地で、築城《ちくじょう》自体は平安時代後期と古い城の跡地と、その名残《なごり》の歴史的な建造物がちらほらあるのが見所といえば見所だ。城は明治時代の城郭《じょうかく》取り壊し令で廃城となったあと、天災が原因で破壊、解体され、今は跡地に歴史博物館が建てられていて、『城復元プロジェクト』とやらがずいぶん昔に立ち上げられたはずなのだが、資金繰りが上手くいかず、頓挫《とんざ》しっぱなしのようだった。

昭和時代の市の政策で近代化を進めた結果、古都というには俗っぽく、都市というには垢抜《あかぬ》けない、どうにも中途半端な土地柄に成り果ててしまった。だから『みやげのニシキ』の客足も売り上げも当然右肩下がりで、祖父がやる気をなくすのも致し方ない状況だ。

扱っているのはご当地の名前が入った、全国どこにでも売っているようなありふれた饅頭《まんじゅう》や洋菓子。地名の入ったキーホルダーやストラップ。一応土地で取れた材木を使った小物と、一応土地の名産を謳《うた》っている織物を使った女性向けのバッグや鏡や装飾品、いつ仕入れたのかきっと祖父も覚えていないであろう玩具《おもちゃ》。格言や城のシルエットが入ったTシャツやタオルや靴下や手拭《てぬぐ》いや、集が常々「俺だったらいらないな……」と思っているようながらくたの数々。

戦後祖父の父が始めたという土産物屋は、景気がよかった時——も、一応あったのだ。テレビドラマで、この土地や城を扱う作品が放映されて、そこそこヒットした時は、大勢の客が訪れたという——に一度改装工事をしただけで、今は年月の流れと共に少しずつ、確実に、古びている。

それでも集は店内を綺麗に整え、シャッターを開けて、店の前も箒《ほうき》で掃き清め、いつ客が訪れてもいいように支度を調える。客は、祖父から話に聞く好景気だった頃とは比ぶべくもないが、ゼロではないし、修学旅行生や団体ツアー客もたまには足を運んでくれる。

それに、

「あ、よかった開いてた。いつものちょうだい」

店の前の通りを自転車で通りがかったサラリーマンが、ペダルを漕《こ》ぐ足を止めて、箒を握る集に声をかけてきた。集は頷いて、店内に戻ると、出入口に近い陳列棚に並べておいた商品を手に取った。『きなこパン』、とふわふわの文字で書いてあるビニール袋に入ったパンだ。名産品でも土産物でもなく、単に地元の小さな製菓メーカーが作っている菓子パン。たっぷりバターを塗《ぬ》ったパン生地の間に頭が痛くなりそうな甘さのきなこペーストが詰め込まれているというだけの、言ってみれば下手物《げてもの》の類《たぐい》だが、固定のファンがいる。集が通っていた高校の購買にも卸《おろ》していたから、病《や》み付《つ》きになった卒業生が日々買いに来たりもする。

これが現状、ニシキの主力商品だ。パックの牛乳や、ペットボトルの清涼飲料水も置いてあり、それらをセットに買っていく人たちが一定数いる。今声をかけてきたサラリーマンも、ほぼ毎日買いに来る常連客の一人だった。

「やっぱり昼だけじゃなくて、朝行く時に買えたらいいんだけどなあ、これ」

常連客は、品物を受け取るとそう言って去っていった。彼からはもう数度、他の客からもちらほらともらう要望だ。集も、通勤通学途中の客を摑《つか》むために早朝から営業してみないかと祖父にもちかけてみたが、『土産物屋なのに、パン売るために早朝営業って、変だろ』と笑って取り合ってくれなかった。そう言われたらそうなのかなと思って、集も強くは言えない。店主は祖父だ。集はまだその手伝いという意識で仕事をしている。いずれ自分が店を継ぐだろうが、祖父はまだまだ元気だし――祖父がいなくなった時のことを、考えたくないのかもしれない。

でもこのまま売り上げが下がり続けちゃ店が維持できなくなるよな……と漠然と考えているうち、やっと祖父が住居の方から店に顔を出してきた。

しかし客がいるわけでなし、祖父はレジの前で椅子に座って小型のテレビを眺め、集はあちこち掃除や品物の整理をしていたがそれもやることは尽き、暇を持て余したので、「買い出しに行ってくる」と店を出た。最近、せめて商品を説明するPOPくらいはつけた方がいいんじゃないかと思い立ち、文具店で紙やらペンやら装飾用の道具やらを物色しているのだ。祖父はテレビを眺めたまま「うん」と返事しただけで、集がどこに行くのかも聞かない。そのうち、同じように暇を持て余した他の店の顔見知りが訪れて、一緒にお茶でも飲み始めるだろう。

商店街にある文具店よりも、駅ビルの中に入ったバラエティショップの方が、その手の雑貨が多い。同じ商店街仲間なのに売り上げに貢献できないのは申し訳ないが、いちいち挨拶《あいさつ》するのも面倒だし、「そういうところで努力しないからどんどん小売店が消えていくのではないか」という辺りから目を逸《そ》らしたくもあったので、集はさほど迷わず駅ビルに向かった。

駅前開発と称して駅に接したビルができたのは集が生まれる前で、このビルも古いし、入るテナントも何だかパッとせず、もちろん観光客増加のよすがにもなっていない。

集が子供の頃から、この町は何ひとつ変わっていない気がする。すべてが見慣れたもので、だがゆっくりと、確実に朽《く》ちていっている感じ。のろのろと歩道を歩いていた集は、不意に見慣れているはずのその景色の中に、妙なものをみつけた。

正確にはそれはものではなく、人だった。五年ほど前にできたカフェは、町の中では新しくはあったが妙というほどでもなく、集の目に留まったのは、そのカフェの前にいる若い男だ。

「……」

道を歩く集の足取りが知らず知らずのうちに止まる。

背が高く、細身だが手脚のバランスがよく均整が取れているせいで貧相には見えない体。明るい茶髪、シャツにベストにカーゴパンツに明るい色のスニーカーにボディバック、まあいかにも最近の若者という格好で、総じて軽薄そうな装《よそお》い。地元民ではないなと瞬時にわかる。

ここはまがりなりにも観光地なのだから、そういう客がいても飛び抜けて珍しいわけではないはずなのに、集が歩くのを忘れるほどの違和感に襲われたのは、その男の顔立ちが、自分のよく知っている男のものにしか見えなかったせいだ。

「……佑弥……？」

十数メートル向こうに立つ男の横顔は、どんなに目を凝《こ》らしてみても、やはり集の幼馴染み、兄弟同然に育ってきた佑弥のものだった。

だが、その出《い》で立《た》ちが、あまりに集の記憶と乖離《かいり》している。佑弥は子供の頃から温和な優等生で通っていて、高校の服装検査の時など、「田橋を見習いなさい」と教師に名指しで言われるほど校則通りの出で立ちをしていた。生来見栄えのする風采《ふうさい》だったおかげで『地味』ではあるが辛《かろ》うじて『ダサい』まではいかず、逆に言えば容姿に恵まれている割に面白味のない格好をしているせいで目立たずに生きていたのが、田橋佑弥という、集の幼馴染みだったのだ。

集がどう目を凝らしても、そこにいるのは佑弥だった。

それも、一人じゃない。やはり地元民とはどこか違う、この辺りの店では手に入らなそうな服や鞄を持つ、女性ファッション誌にでも出られそうな格好の若い女性と並んでいる。

身につけるものも顔立ちも華やかな美人と、佑弥は身を寄せ合い、楽しげに笑っている。

集はその様子を、ぼんやりと立ち尽くして眺めた。

ぼうっとしている集に先に気づいたのは、佑弥の隣にいる美人だった。不思議そうに集を見てから、佑弥の腕をつつき、何ごとか囁きかけるような仕種をすると、佑弥も集の方を向いた。

集に気づくと、佑弥は数秒じっとこちらをみつめるふうにしてから、パッと笑った。

「集」

少し離れた場所だったので声はよく聞き取れなかったが、佑弥の唇は集の名前を呼ぶように動いた。そして集は佑弥をみつけた時よりもさらにひどい違和感を覚えながら、相手の笑い顔をみつめた。佑弥はいつも集をみつけると、嬉しそうな顔で笑う。だが今の佑弥は、明るく笑ってはいるが、垂れ気味の目を細めることもなく、ただ愛想だけはいいような、その格好と同じく軽薄な表情をしていたのだ。

佑弥は集が動かないことが不思議なのか、少し首を傾げてから、集の方へと近づいてきた。

「どうした?」

二年ぶりに会って、名前以外で最初に言われたのがこの言葉だ。

(どうしたって、それは、こっちの台詞《セリフ》だ)

そう言いたいのを、集は呑み込んだ。この違和感を言葉にしてしまうのが、何だか怖かった。

「出掛けるところか？」

まるで昨日まで一緒に過ごしていた続きが今日、というように、二年間のブランクを感じさせない調子で、佑弥は集に訊ねてくる。なのに見た目も、それに問いかけてくる声の調子も、自分の知っている佑弥とはどこか違っていて、集はますます混乱する。

（佑弥、こんな喋《しゃべ》り方だったか？）

温和な性格のとおり、のんびりした語調で喋っていたはずだ。なのに今、佑弥の声のトーンは集の記憶より少し高くて、少し速い。

そのことにも戸惑って、集はただ小さく頷きを返すことしかできなかった。

「今日は店休みなのか？　ってそんなわけないか、週末なのに」

「いや……」

佑弥は何の屈託《くったく》も感じさせない調子で話しかけてくる。集がまごついている間に、佑弥の背後から先刻の美人が歩み寄ってきて、隣に並んだ。

「また知ってる人？」

美人は佑弥とは親しげな雰囲気を醸《かも》し出していて、ごく自然に、その腕に触れている。

「本当、どこ行っても知り合いがいるんだね」

可笑《おか》しそうに笑っている女が、妙に集の癇《かん》に障《さわ》る。別に変なことを言われたわけでもないのに。どうして自分がそう感じてしまうのか、集自身にもわからない。

「ああ、近所の奴」

彼女に、佑弥がそう答える。それは正しい説明のはずなのに、やはりなぜか、集は驚いた。

衝撃を受けた、というのか。

「うちの裏で土産物屋やってる、『ニシキ』って店の、今——店主？」

問われて、笑い返すこともできず、強張《こわば》った顔で首を振る。

「いや、じいちゃんまだ生きてるし」

佑弥の方は、集の言葉を冗談と受け止めたらしく、笑い声を立てている。

「元気なのは知ってるって。今はほとんど集が仕切ってるって聞いたからさ」

「俺は全然雑用やってるだけだし……用あるから、行く」

佑弥と話しているのも、その顔を見ているのも、集は何か嫌になってきた。

「そっか。頑張れよ」

目を伏せて小声で告げる集に、佑弥の方は相変わらず笑っている。集は佑弥には答えず、逃げるようにその場を去った。駅ビルの方へと向かいながら、どうしても気になってしまってそっと振り返ると、佑弥はまだこちらを見ていて、大きく手を振っている。

明るく笑う佑弥がやはり自分の知っている幼馴染みとは別人に見えてしまって、集は妙に心臓の痛む思いがした。

2

最近の祖父は、夕方になると外へ出掛けるようになった。大して客は来ないし、顔見知りが遊びに来ても一杯二杯茶を飲んで帰ってしまうし、市の運営するコミュニティセンターで碁《ご》を打っている方が楽しいらしい。

趣味があるのはいいことだ。閑古鳥《かんこどり》の鳴く店で暇そうにしている姿を見ているより、集《あつむ》もよっぽど気が楽だったので、勿論、そういう祖父に何か言う気はない。

店よりもコミュニティセンターの方が早く閉まるが、祖父は帰ってきても店には顔を出さない。集は一人で看板やのぼりを片づけ、レジを締め、売り上げなどの記録と店内の清掃を終えて、家の中へと戻った。祖父の姿は見当たらなかった。

そういえば、朝、寛子《ひろこ》から夕食を食べに来るようにと言われていた。

しかしまるで気が進まない。昼間佑弥《ゆうや》と会ってから、当然のように彼のことばかりを考えている。考えてもあまり楽しい気分にはならないので、考えたくないのだが、どうしても人が変わったようになってしまった幼馴染みの姿が頭に浮かぶ。

（……東京で、何かあったのか？）

二年前に店の前で別れた時、佑弥はそれまでと変わらない穏やかな笑顔で「いってきます」

と集に告げた。駅まで送ろうかと申し出た集に、「今生《こんじょう》の別れってわけでもないんだから、大袈裟《おおげさ》だよ」と笑って答えた。「そりゃそうだよな」と集は引き下がった。ここから東京まで、電車と新幹線で半日もかからない。接続が悪いのと本数が少ないので乗車時間の割に全体の移動時間が長くなるだけの話で、地図上で見ればそうそう離れているわけでもない距離だ。

だからこそ集は「そりゃそうだよな」と頷いて見送りは店の前までに留めた。佑弥が盆暮れ正月に帰って来ないのも、忙しい時に面倒な乗り継ぎをしてまで帰省したくないんだろうと、そう判断していた。

でも本当は、それだけじゃなかったのだろうか。何か佑弥を変えるような出来事が、集の知らない土地であったのだろうか。

集はしばらく迷った挙句、気が進まないながらも、田橋《たばし》家に向かうことにした。もしかしたらあんな佑弥は自分の見間違いで、明るい町中で会ったから妙に垢抜《あかぬ》けして見えただけで、彼の実家で会えば、昔どおりでいてくれるんじゃないかと、淡い希望があった。

「あら、集、遅かったわね」

田橋家は仁敷《にしき》家の裏に建てられていて、フェンスで区切られている。小さい頃はそのフェンスを乗り越えて行き来しては、寛子に「落ちたら危ないでしょ」と叱られていたが、さすがに大人になった今はちゃんと自宅を出てから路地を回り、田橋家の玄関のチャイムを鳴らした。

迎えてくれたのは寛子で、彼女がドアを開けると、途端家の中からは賑《にぎ》やかな笑い声と話し声が聞こえてきた。

「もうとっくに始めてるわよ。おじいちゃんなんか、寝ちゃってるし」

寛子が居間に向かい、集はそれについていく。

居間には日頃使わない客用の食卓が並べられ、そこに田橋家の主人である宏則《ひろのり》と、他に四人がいた。佑弥と、昼間彼と一緒にいた女性、それから初めて見る男女が一人ずつ。集の祖父は、寛子の言った通り赤い顔で床にひっくり返って気持ちよさそうな寝顔を見せている。

食卓にはこれでもかと料理の載った皿があり、どれも佑弥の好物ばかりだ。

「集来たわよ」

集は居間の手前で立ち止まっていた。二十歳も過ぎて、しかも接客業だというのに、子供の頃から人見知りで、初対面の人が苦手なのだ。昼間見ただけで言葉も交わしていない女性は初対面同然だし、他の二人は誰なのかわからないし、何より佑弥が、佑弥なのに、佑弥じゃない。

集にしてみれば、これで怯《ひる》まずにいられるわけがなかったのだ。

佑弥は集を見て、にこりと笑顔を見せてきた。それが挨拶《あいさつ》のようで、すぐに集の見知らぬ男に声をかけられ、そちらに応対している。

「こんばんはー。集君って、おじいちゃんの子？」

佑弥の隣に、やたら近い距離で座っている昼間の美人が、集を見て気軽に声をかけてきた。

「馬鹿、じいちゃんの子なら息子だろ、孫だから、じいちゃんがじいちゃんなんだよ」

集より先にそう言ったのは佑弥だった。馬鹿、と言いつつ佑弥が相手の額を掌《てのひら》で軽く叩いたので、集には衝撃だった。叩くというよりは押したと言った方がいいような強さで、押された方は、おどけて目を瞑《つむ》ってから、当の二人を含め、向かいに座っている別の男女も一斉にげらげらと笑いだし、集はただただ反応に困って、立ち尽くすばかりだった。宏則も一緒になって笑っている。寛子も笑っていて、立ちっぱなしの集に気づくと、早く中に入るよう集を手招きした。

「みんなね、佑弥の会社の人なんだって。東京で、同じ部署で働いてたのよね」

笑っている四人に代わって、寛子がそう教えてくれた。

「佑弥がこっち戻るって言ったら、見送りがてら観光に来てくれたのよ。佑弥がこんなにたくさん友達連れてくるなんて、初めてだわ」

まるで小さな子供の親のように言う寛子は上機嫌だった。

佑弥が家に友達を呼ばなかったのは人見知りの集のためだ。佑弥が口に出してそう言ったことはなかったし、寛子もそれをわかっていたようで、佑弥に「友達を連れて来なさい」と告げるようなことは、少なくとも集の知る限りなかった。

そのことについて考えたら、元々よくはなかった居心地が、さらに悪くなってくる。集は寛子から取り皿を手渡されたものの、食卓に着く気が起きない。

(でも……そうか、二人きりじゃ、なかったんだ)

そう思ってかすかに息を吐いた。そうしてから、そんな自分を少し怪訝《けげん》に思う。なぜ二人きりではないことに安堵の溜息なんて漏らすのか。

「ねえ、集君もこっちに来て食べなよ」

佑弥の同僚とかいう昼間の女が、気安い調子で集に声をかけてくる。集はまたそれが少し癇《かん》に障《さわ》った。「あんたの家じゃないのに」と思ってから、だが「……まあ、俺んちでもないけど」と思い直し、どちらにせよ不機嫌になりながら、できるだけそれを表に出さないよう気をつけて、四人からは少し離れたところ、気持ちよく酔い潰れている祖父のそばに腰を下ろす。

「そっち、酒まだあるか？」

佑弥は自分の友人だか、同僚だかいう人たちに酒を勧《すす》めている。集が一人黙然《もくねん》と料理を摘《つ》まんでいる間、彼ら三人に新しい取り皿を用意したり、何か話題を振ったりと、甲斐甲斐《かいがい》しい。以前なら佑弥はこういう時かならず集の隣にいて、そうやってあれこれ気を遣っていた。いつまでも子供扱いしないでほしい——と佑弥が二年前にこの家を離れるまでは思い続けていたのだから、世話を焼かれないことにほっとしていいはずなのに、特に気が晴れることがない。

「集君はさ、彼女いないの？」

つまらない気分で料理をつついていた集は、唐突に間近で訊ねられ、驚いた。佑弥の隣にいたはずの女が、いつの間にか集のそばにぴったりと張り付いていた。

「キレーな顔してるし、モテそー」

陽気にそう言う女からは、ずいぶん酒の匂いがした。完全な酔っぱらいだ。下戸《げこ》の集には酒の匂いが快《こころよ》くはない。

「いないけど……」

「うっそぉ、だって絶対モテるでしょー？」

相手は喰い下がってくる。

（うるさいな）

集はそう声に出してしまわないよう気をつけなければいけなかった。

「そういうの面倒臭い」

「えー、ちょっとは田橋君のこと見習いなよ、会社でもう取っ替え引っ替え」

笑いながら頬を指でつつかれるのがとてつもなく不愉快で、我慢できずに振り払おうとしかけていた集は、途中で動きを止めて相手を見遣った。

「……は？」

「そうそう、合コンなんて荒らしまくりだしさあ！」

聞き間違いかと思って集が聞き返そうとするより早く、男の同僚が集の方に這い寄ってきた。こちらも酒臭い。

「田橋来ると女釣れるから、最初はよく声かけてたんだけどさ。結局あいつの一人勝ちだから、最近じゃ全然誘わなくなったよ」

「やだー、心せまーい」

「仕方ねーだろ、俺だってモテたいのに」

「でも田橋君酷《ひど》いんだよ、私とこの子どっちにも決めずに、どっちも弄《もてあそ》んで。合コンでは別の子にちょっかいかけたりさ」

二人目の女までが寄ってきて、一人目の女にしなだれかかった。二人目の女も綺麗で、目を惹く容姿をしていた。二人して顔を合わせて、「ねー」と頷き合っている。

「この旅行中にどっちかに決めてよって言ってあるんだけど、きっとまた煙《けむ》に巻かれるんだ。悪い男だよ、田橋君は」

「でもそこがいいんだよね」

「ねー！」

「あ、田橋君グラス空《から》じゃん、もっと飲みなよー」

女二人が、再び佑弥の方へ移動し、ビールだの料理だのを勧めている。

「おまえからも言ってくれよ、幼馴染みなんだろ？　ちょっとはこっちにも女回せってさあ」

集の横には男だけが残り、馴れ馴れしく集の肩に腕を掛けている。べたべたと触られて不愉快なことこの上なく、抗議するつもりで佑弥の方を見れば、両脇を美人に囲まれ、楽しそうに笑っていて集の方に視線を向けることもない。

「……」

色々な情報を処理しきれず、耐えかねて、集は箸《はし》を置くと男の腕を邪険《じゃけん》に押し遣り、祖父の体を揺らした。

「じいちゃん、そろそろ、帰ろう」

祖父はむにゃむにゃと口を動かすだけだ。それをまた揺する。

「あら、集、もういいの？　おじいちゃんすっかり寝入っちゃってるから、うちで寝かせてあげとくわよ」

気づいた寛子が声をかけてくる。

「集も泊まってったっていいのよ、あなたの布団、まだあるし」

佑弥が出ていってからの二年間、集は田橋家に泊まるようなことはなかった。佑弥がいないなら泊まる理由もない。どうせ自分の家まで多く見積もったって三十秒だ。

「まだやることあるから。ごちそうさま」

寛子の言葉に甘えて祖父はその場に置いたまま、集は逃げるように田橋家を後にした。

（佑弥が……二股？　合コン？　何それ？）

昼間町中で佑弥と女の片方を見た時、付き合っている彼女とか、もしかしたら結婚でも考えてる相手を連れて来たのではと、うすうす予想していた。年齢を考えればちっとも不自然なことではないのだから、そういう見当はつけられた。

だがまさか、二人ともと関係してるとは。弄ぶなどと非難がましく言われたり、でもそれがいいと黄色い声を上げられるようなことがあるとは。

久しぶりに幼馴染みに会ったのに、ちっとも嬉しくない。大体会ったと言っても、昼間は集の方から逃げ出してしまったし、さっきは他の人たちにかかりきりで、ろくに言葉も交わせなかった。

(佑弥はどうしちゃったんだ、一体)

混乱しっぱなしで、集は一人、誰もいない家に戻った。

◇◇◇

寝入るほど深酒をした割に、祖父は朝になると元気に家に戻ってきた。

「元気な若い人が大勢いると、賑やかで、いいな」

しかも機嫌がいい。ゆうべのことが祖父には大層《たいそう》楽しかったらしい。ふうん、と相槌《あいづち》を打つ声が冷たい自覚はあったが、どうにもできない。集は『若い人』だが『元気な人』ではない。よく言えば物静かだが、悪く言えば覇気《はき》がなく、暗いとか怖いとか周りに言い放たれても、それの何が悪いのか理解できず、改善する気も起こせない、扱い辛《づら》いタイプだろう。

(でも佑弥だって、元気なタイプじゃなかったぞ、絶対)

十時少し前になり、祖父と一緒に開店の準備をしていると、店の前を佑弥が通りがかった。

田橋家から大きな通りに向かうには、どうしても店の前を通る必要がある。

「おはよう」

佑弥は元気に声をかけてきた。その声の明るさに集は何かぎくりとする。

「おう、おはよう」

「……おはよう」

祖父も元気に、集は小声で、佑弥に挨拶を返した。

佑弥は昨日と同じく、この田舎町では扱っている店などなさそうな、小洒落《こじゃれ》た格好をしていた。

「店、変わんないなあ。あれ、きなこパン売り切れ?」

佑弥は気さくな調子で店先を覗いている。

「土日は仕入れがなくなったんだよ。月曜の昼になりゃ、また入ってくるんだけど」

祖父がそう答えると、佑弥はひどく残念そうな顔で振り返った。

「何だ。まとめて買ってこうと思ったのに」

「――佑弥、あれ、苦手だったろ。甘いパンは」

そこまで変わってしまったというのか。集は昔、佑弥と二人して「きなこパンはないよな」「甘すぎるもんな」と自分の家がやっている店の人気商品を扱《こ》き下《お》ろしたことを思い出しながら訊ねた。

「いや、きなこパンの話をしたら、あいつらが食べてみたいって言うからさ」

「……」

あいつら、とは、言うまでもなく昨日集が会った佑弥の同僚たちだろう。

「そうだ、佑弥、おまえ悪いが車出して、集乗せてってくれないか。品物取りにいかなきゃならんのだけど、うちは去年車処分しちゃったから」

思い出したように、祖父が佑弥に頼んだ。開店準備をしながら、どうやってそれを取りに行こうか、祖父と集で相談していたところだったのだ。

「あー、ごめん、昨日の奴ら、今ホテルにいるんだ。今日もあちこち案内するって約束してるから、もう行かなくちゃ」

祖父に対して申し訳なさそうに答える様子は、（髪型や服装の見た目はどうあれ）以前の優しい佑弥と変わらないように見えた。

ただ、その口から出てきた言葉は、以前の、集の知っている佑弥ではあり得ないものだった。

「そっか、そっか。そんならいいんだ、引き留めて悪かったな。昨日の子たちにもよろしく伝えてくれ」

「うん。じゃあ、行くな」

手を振って、佑弥が去っていく。

集は苛《いら》つくような、不安なような、とにかく落ち着かない心地だった。

（佑弥、一度も俺の顔見なかった）

笑っていたのに、その視線がはっきりと集を捉《とら》えることはなく、佑弥の目は祖父や店の方に向けられていた。

これだって昔ならあり得ない。佑弥は相手の目をしっかり見て話す。佑弥だって決して騒がしい方じゃなかったのに、集みたいに『暗い』なんて陰口を叩かれなかったのはそのおかげだ。控え目な微笑みでも、まっすぐ目を見て浮かべられれば、誰だって好感を持つ。

「きなこパン、何個か残ってりゃよかったな」

祖父が残念そうに呟いていた。集は、そんなつまんない商品、東京の人たちには笑われるだけだろうから、品切れでよかったとひそかに思った。それとも田舎の食べ物が面白いと囃《はや》し立《た》てるだろうか。食べてみたいなんて言った彼らは何のつもりだったのか。きなこパンなんてものを彼らに教えた佑弥は、どういうつもりだったのか。

「そうかぁ、佑弥には、佑弥の付き合いがあるんだもんなあ……」

面白くない気分で考えていた集は、祖父のしみじみした声を聞いて、佑弥の明るい挨拶を聞いた時のように何かぎくりとなった。

（……そうだ。佑弥は、『出ていく人』なんだ）

それから、今まで何度も思ったことを、改めて思う。

（今はたまたま戻ってきてても、多分、そのうちまた遠くへ行く）

この町には二種類の人間がいる。残る者と出ていく者。集の家のように商売をやっていれば、その子供も土地に残る。大抵は、やはり集のように高校を卒業してから進学をせず家を手伝うか、跡を継ぐ必要がなければ地元の企業や公共団体に就職するか、そこそこ裕福ならば地元のあまりレベルが高くない大学に進んで四年間遊んでから、やはり地元に就職するか。

県外の大学に進学する者は、大抵そのまま地元から離れた土地で就職するので、いい大学に行く者はイコール地元を離れる者というのが、当人や周囲の認識だ。

地元の観光が行き詰まっている今、県外の大学への進学を選ぶということは、地元から離れられない者にとっては憧《あこが》れだったし、裏切りだった。

佑弥が県外の大学に行くと言った時、でも集はそれを裏切りだとは思わなかった。佑弥の家は商売とは縁のない普通のサラリーマン家庭で、ここで暮らし始めたこと自体が佑弥の祖父の頃からで、長くこの町にいるわけではない。だから土地にしがらみもない。

そして佑弥は小さな頃からとても聡明で、勉強ができたから、中学受験をするべきだと小学校時代の教師に勧められたほどだ。この辺りの公立校は勉強が遅れているので、佑弥の将来を考えるなら、電車を乗り継いででも私立中学に通うべきだと。

佑弥はそれを拒《こば》み、高校も徒歩で通える公立校を選んだが、商業科とは偏差値が十の単位で違う普通科の、首席入学で、新入生代表の挨拶をさせられるような、そういう生徒だった。塾に通ってもいないのに、ずっと成績上位者でいつづけた。

佑弥が地元の学校を選ぶのも、塾に行きたがらないのも、全部自分のためだと集は知っていた。自分以外に友達のいない集をひとりぼっちにしないため。佑弥自身が、集と一緒にいることが一番楽しいと思ってくれていたため。

だから集は、佑弥が大学も地元にすると言い出したら、もしそれが自分のためなら、もっと佑弥の学力に見合った、将来のためになる進路を選ぶべきだと告げるつもりだった。

しかしそう説得する必要もなく、佑弥は一人で考えて、一人で「県外の大学に行く」と決めた。

それを教えられた時、集は佑弥が一人で決めたことや、自分から離れていく気がして寂しい気持ちと、やっぱり佑弥は賢くてすごいなという誇《ほこ》らしい気持ちを、同じくらいの強さで抱《いだ》いた。大学は遠いがどうにか自宅から通うと聞かされてほっとしたが、でも大学を卒業したら地元を離れることはわかっていたので（地元に就職するつもりであれば、地元の大学に行く方が、推薦もあるし、心証《しんしょう》もいいし、そうするべきなのだ）、佑弥が自分から離れていくという諦めの気持ちはずっと持っていた。

（寂しいとか、思ったって、仕方ない）

諦めることに、集は昔から慣れていた。両親がいないこと。友達ができないこと。祖父はもう高齢で、平均寿命を考えればあと何十年も一緒にいられるわけもないということ。

持たないことにも失くすことにも慣れていたから、慣れなければいけないと思っていたから、二年前に佑弥が家を出ていった時も泣かなかった。たとえ相手が二十年以上一緒に過ごした相手だとしても、それを失って寂しくて泣くなんていうことは、自分には許されないのだと、ずっと前からわかっている。

「じいちゃん、やっぱり自転車で行ってくるよ」

あれこれと考え込みそうになっている自分に気付き、集はそれを無理矢理打ち切って、祖父に声をかけた。

「ん、そっか」

祖父が頷き、集は店の脇に置いてある店名入りの自転車のところに向かう。

「やっぱ、免許あった方が便利だろ」

質問のような、独り言のような祖父の言葉に、集はすぐに答えられなかった。

「まあ……そのうち取ろうかな」

どうにかそれだけ言う。祖父はまた「そっか」と頷いて、店に入っていった。

集の父親は自動車事故で死んだ。母親も、その事故が原因で死んだ。集は車を運転する気になれず、免許証は持っていない。去年までは祖父がライトバンを運転していたが、高齢だからと免許証を返上して、車は売ってしまった。

佑弥は進路が決まった高三の冬休みに免許を取って、たまに集を乗せてくれたが、それももう昔のことだ。今は集よりも、東京の友達を優先している。

「じゃあ、いってきます」

「気をつけてな」

今どき大きな荷台のついたおんぼろの自転車に跨《また》がり、集は道を漕《こ》ぎ出した。

無心にペダルを漕ごうとしたのに、集の頭に浮かぶのは、どうしても佑弥のことだった。

(佑弥まで、あんなふうになるなんて)

都会に出た者の中には、顔見知りばかりでしがらみだらけの地元の空気から解放された喜びで、身を持ち崩す者もいる。地元にはない遊びが外にはたくさんある。いっぱしの都会人になったつもりでやたら派手ななりで帰省したり、そこでの暮らしを誇示《こじ》するように話したり、そういう奴らこそ、地元に残った者たちから裏切り者だとか、のぼせ上がって恥ずかしいだとか、好き放題言われる。

佑弥はそんなことになるはずがないと集は思っていた。いや、そうなる可能性すら考えたことがなかった。

他の誰が変わっても、佑弥だけは変わらないと、どこかでそう思っていたのだ。

実際変わってしまった今、そのことだって、自分は諦めるべきなのかもしれないが――。

(でも)

佑弥があんな格好で、派手な女を二人も引き連れて帰ってくるようなのは、どうしても我慢できない。

（二股とか、女にだらしないのとか、そういう……そんなの、駄目だろ）

温和で優しい佑弥は目立つ存在ではなかったが、彼を一途《いちず》に好きになる女の子がいつも何人かいた。

彼女たちに告白されても、丁寧に断り、「本当に好きな子とじゃなければ、付き合えない」と、思わせぶりな態度は決して取らなかった。

大学生になれば合コンだのの誘いもあったようだが、そういう場は好きじゃないと、当然全部断っていた。

なのにどうしてたったの二年で、あそこまで変われてしまうのか。

（……あんな佑弥、好きじゃない）

前みたいに優しい、思い遣りのある人に戻る方が、周りにも、佑弥自身にもいいはずだ。

あれこれ考えながらペダルを漕ぐ間に、目的地に着いた。店に置かせてもらっている民芸品の工房だ。地元産の樹木を使った小さな置物を、職人がひとつひとつ手作りしている。挨拶をしながらこぢんまりとした工房に入ると、祖父と同じような年頃の仏頂面《ぶっちょうづら》をした老人が、器用に彫刻刀を使って木を彫《ほ》っていた。

「ああ。ニシキさんの分は、そこにある」

老人は表情通りにぶっきらぼうな口調で、集を振り返りもせず無造作に壁際に置かれた段ボールを指した。

「ありがとうございます。代金は週明け振り込んでおきますので」

礼を言って集が段ボールを持ち上げた時、老人がやっと振り向いてちらりと視線を寄越してくる。

「おじいさんと違って愛想《あいそ》ないねえ、あんた」

自分こそ愛想の欠片《かけら》もない調子で、職人気質の老人が、不愉快そうに集を見て言った。老人からは酒の匂いがする。彫刻刀を握っている時以外はずっと飲んでいるのだと、春先に引き継ぎのために祖父に連れられ挨拶に来た帰り道、聞いた覚えがある。集が一人でここに来るのは今日が初めてだ。

「すみません」

たしかに祖父は愛想がいい。小柄で、いつもにこにこしていて、だから友人も多い方だと思う。この老人も、きっと祖父がここを訪れ、世間話でもしていく時間を、楽しみにしていたのだろう。

「すみません、って。他に言うことはないのかよ、こっちはあんたの商売の相手だよ。もっとちゃんと礼とか、いろいろ、あるもんだろう」

そう言われても、品物を受け取る時に礼は言ったし、入る時に挨拶もした。これ以上何を言えばいいのかなんて集には思いつかない。祖父のように気の利《き》いたことが言えるような性格ではないのだ。

黙り込む集の顔は、不機嫌そうだとよく言われる。実際には困っているだけなのだが、老人にも、それが不貞腐《ふてくさ》れた態度にでも見えたのだろう。聞こえよがしな舌打ちをされた。

「親がちゃんと躾《しつ》けないからそんなふうになるんだよ。ああ、あんたんとこ、親いないんだったっけ。ニシキさんも大変だよ、子供のことでも孫のことでも、いっつも苦労してさあ――」

「お義父《とう》さん！」

ぶつぶつと、少し呂律《ろれつ》の怪しい口調で言う老人の言葉を遮《さえぎ》るように、慌てたような女性の声が割って入った。工房の入口の方から、お茶の載った盆を手にした中年の女性が入ってくるところだった。

「嫌だ、何言ってるんですか。そんな、駄目ですよ」

女性はおろおろしながら職人を咎《とが》めるように言い、気まずそうに集を見遣った。

集はただ黙って彼女と職人に頭を下げ、段ボールを手に工房を後にした。

「ちょっと、待って」

自転車の荷台に段ボールを括《くく》りつけていると、また慌てた声が聞こえる。振り返ると、先刻の中年女性が集を追って小走りにやってくるところだった。

「ごめんなさいね、お義父さん、悪気があったわけじゃないのよ。少し、酔ってて……」

「いえ……」

狼狽《ろうばい》したままの様子で、女性が手にした紙袋を集に押しつけてくる。地元でそこそこ名の知れた和菓子屋の包みだ。

「これ、大したものじゃないけどね、お詫《わ》びに。本当にごめんなさいね、気を悪くしないでね」

女性が大仰《おおぎょう》なほどの勢いで謝る理由を、集はわかっている。

(そうか、この人も、知ってるんだ)

長く続いた工房だ。祖父とも付き合いがあるなら、知らないはずがない。

「気にしてませんから。すみませんでした」

集は紙袋を女性に押し返し、大きく頭を下げてから、重たい気分で自転車に跨がり、逃げるように工房を後にした。

集の父親が死んだのは、父親自身の運転ミスが原因だった。町中で、よりにもよって観光客数名を巻き込んだ。

亡くなったのは若い女性のグループで、当時テレビや新聞で取り沙汰《ざた》されるようなニュースになったし、地元でもその話題で持ちきりだっただろう。集は生まれて間もない頃で、記憶はないが、想像するのは簡単だった。相手のグループが夜中に酔っ払って車道ではしゃいでいたのも原因ではあるが、それに気づかなかった父親の方に大きな過失があるのは言うまでもない。

ちょうど、観光客が極端に目減りしている時期だったらしい。

災害や意図的な犯罪があったわけでもあるまいし、たとえ全国区のニュースになったところでそれが客足の遠のく原因にもならなかっただろうが、中には極少数とはいえ、「ニシキの息子のせいで、この土地の名前に悪評が立った」と面と向かって口にする者もいたらしい。そのせいで、集を産んだばかりの母親が病んだ。元々体の弱い人だったようだが、精神的な疲弊《ひへい》も大きかったのだろうと、周囲の反応から集も察している。

集が物心ついた時に両親がいなかったのはそういう理由だ。自動車を運転したくないと思うのも、父親と同じように事故を起こすのが怖《おそ》ろしいという以上に、自分が車に乗る姿を見た時に、周りの人たちに何かを思い起こさせるだろうとわかっていたからだ。

集の母が、亡くなった観光客や町の人たちに詫びながら死んでいったとなれば、さすがに事故を起こした集の父を大っぴらに悪く言う人はいなくなった。

ただ、この町はとても狭くて、人の入れ替わりは少ないから、もう二十年以上前のことなのに、未《いま》だに去年のことのように語る人も少なくない。先刻の老人のように当てこすってくる人もいるし、集が名乗れば「ああ、あの……」という空気を感じることもある。集の家が商売をやっているせいで、どうしても噂に上るのは仕方がない。

集の身近な人たちや、祖父と好意的に付き合っている人たちは、事故について一切触れないようにしてくれていた。

町の皆が集の家の事情を知っていて、皆に気を遣わせている。

田橋家の人たちが優しいのはそのせいだ。単なる男所帯というだけであっても、あの人たちは集と祖父を気に懸けてはくれただろう。だが、両親のことがあるから余計に気遣って、その気遣いを見せないようにと、また気遣ってくれる。

優しくて、優しすぎて、集はたまに息苦しい。

そう思うことが、どれほどあの人たちに失礼なことなのかわかっていても。

以前はそんなことはなかった。祖父が少しずつ店の仕事から離れ、集がそれを引き継ぐようになった頃からだろうか。

(今さら、何を気にすることがあるっていうんだ)

腫《は》れ物扱いは昔からだ。大人たちは勿論、親に「集君は気の毒なおうちの子なんだから、優しくしてあげなさい」と言われた同年代の子供たちは、少しでも意地悪と取れることをすれば周りに叱られるからと、集を遠巻きにした。周りの大人は「集は人見知りだから」ということにしていたが、この環境で明朗《めいろう》に元気よく育つのは、なかなか至難の業《わざ》だろうと集自身思う。

(でも別に、そんなの、全然とっくに受け入れてるのに)

重たい気分で道を走る途中、城趾《じょうし》に続く道の方に、集は見覚えのある人たちの姿をみかけた。佑弥と、昨日会ったその友人三人、それにたしか同じ高校の同級生だったか、上級生だったかもいる。全員女だ。皆、佑弥を取り囲んで楽しそうに話をしている。多分友人たちを城趾に案内する途中で、昔馴染みにみつかって、声をかけられたのだろう。彼らは大通りを挟んで向かいの歩道にいるからその会話までは集のところまで届かなかったが、はしゃいで、黄色い声を上げている様子が見て取れた。

久々に地元に戻ってきた佑弥をただ歓迎しているだけではなく、昔と見違えるほど垢抜けて格好よくなっている彼を、もてはやしているという雰囲気だ。

「……」

集はその様子を見ていたくなくて、彼らにみつかってしまわないよう、急いでその場を自転車で走り去った。

◇◇◇

集が昼頃に店に戻ると、祖父の姿がみつからなかった。

店は開けっ放し、レジも何も放置してある。探してみれば、店の奥、居間の床で鼾《いびき》を掻《か》いていた。

（まあ、取られるような金も、取られて困るようなもんもほとんどないけど……）

それにしたって不用心だ。集は祖父の横に膝をついて、その肩を揺らした。

「じいちゃん、布団で寝ろよ。風邪ひく」

声をかけても、祖父は億劫《おっくう》そうに唸《うな》り声を漏らすだけで、起きようとはしなかった。ゆうべずいぶん酒を飲みすぎたのが響いているのかもしれない。仕方なく、集は祖父の体を抱き上げた。学校の体育以外に運動の経験のない自他共に認めるひ弱さだったのに、祖父の体は集に輪を掛け棒っ切れみたいに軽く、集はその軽さに少し焦燥《しょうそう》を覚えた。

祖父は集が物心ついた時から「じいちゃん」だったけれど、最近は、風船が萎《しぼ》むみたいにどんどん小さくなっていっている気がする。もう八十だ。

難なく祖父の部屋までその体を運び、布団に収めながら、この先祖父と過ごせる時間の少なさを思って集はまた息苦しさを感じた。小さい頃は祖父が軽々と集を負ぶったり、膝に乗せたりしてくれたのに。

——こんな気持ち、今までどうやってやり過ごせていたんだろう。

そのことを考えないようにしながら、集は店に戻り、ろくに来もしない客を待った。

暇を持て余し、レジ台の抽斗《ひきだし》から帳簿を取り出して眺める。そろそろパソコンを使ったらどうかと提案しても、祖父が嫌がって、今どき手書きだ。集ももちろん商業科出身なので帳簿の見方もつけ方もわかるが、デジタルにした方が管理が楽に決まっている。でもそれを強く言えないのは、そうすることで祖父と代替わりする準備を——祖父がいなくなる支度をしているようで、気が進まなかったせいだ。

「やっぱり……ひどいもんだなあ」

改めて祖父手書きの帳簿を見て、集は眉を顰《ひそ》めた。賞味期限のある菓子類や貯蔵食品の仕入れは微々《びび》たるものなのに、それすら捌《さば》き切れていない。昼間品物を取りにいった民芸品などは、売り上げが悪い割に付き合いがあるから以前と変わらない数注文していて、買い取りだから当然赤字はニシキがかぶることになる。

元々細々とやっていた店だったが、集が小学生の時、大きな土産物センターが作られたせいで、客はそちらでばかり買い物をするようになった。商品を作っている店は助かったようだが、ニシキのような小売店はセンターに店を出すこともできず、何の利益もなかった。

(このままじゃ、何年持つのかって感じだよな)

景気がいい頃もあった、というのが集には信じられない惨状《さんじょう》だ。これがニシキだけなら少しは改善する道があるのかもしれないが、商店街全体がこの調子だから、足掻《あが》いたところで何がどうなる希望もない。祖父の年金と、中小企業向けの積み立て金と——両親の保険金があったから、店を畳《たた》むことなくここまでやってこられたが、そろそろ限界だ。

(やっぱり俺が外で就職して、店畳む方で考えるしかないのか……)

簿記《ぼき》の資格は持っているから、どこかの事務所に潜《もぐ》り込《こ》めないこともないだろう。本当は高校が紹介してくれる地元企業に入るなり、公務員試験を受けるなりすべきだったのだと思う。だが祖父は集が店を継ぐことを望んでいた。集は大好きな祖父の願いを叶えたかった。

一人考え込んでいるうち、閉店時間が来てしまった。この間に訪れた客はたった五組で、今日も大した売り上げがなかった。

(夕飯、どうしよう)

閉店作業を終え、シャッターを閉めて、住居に戻る。祖父はまだ寝ている。店屋物《てんやもの》を取るのも贅沢《ぜいたく》だし、有り合わせで何か作るべきだと思うのに、かったるくて動く気もせず、集はぼんやりとダイニングテーブルについて携帯電話を弄《いじ》り、「資格」「中途入社」「経験」などの言葉をインターネットで検索したりする。

（どこも人手は余ってるし、新卒は毎年出てくるし、人伝《ひとづて》に仕事斡旋《あっせん》してもらったって、俺を知ってる人にはまた変な目で見られるだろうし……）

何もかも、面倒臭い。携帯電話を放り投げてしまいたくなった頃、店ではなく家の玄関の方で、物音が聞こえた。

「おじゃまします」

佑弥の声だ。

集は携帯電話を弄りながら知らずにずっと奥歯を噛み締め、息を詰めていたのが、その声を聞いた時、ふっと楽になった気がした。

廊下を歩く足音に続いて、料理の載った大皿を持った佑弥が、集のいる部屋に顔を出した。

集は振り返って相手が来るのを待ち構えていたが、現れた佑弥の姿は集の記憶とは大きくぶれていて、茶髪に軽薄そうな格好、しかも眉間に皺《しわ》を刻《きざ》んだ不機嫌そうな顔をしているのを見ると、急に呼吸が楽になったのは、本当にただの気のせいだったのだと思えてくる。

「玄関、ちゃんと鍵掛けろよ。不用心だぞ」

挙句出し抜けのお説教だ。集はさすがにムッとした。

「今さらだろ、そんなの」

寛子は好きに仁敷家を出入りする。店宛ではなく個人宛の宅配便や配達なども、「玄関入れといたから」の一言ですむような土地柄だ。観光客は住居側の玄関のある方にまで入り込まない。入り込めば、近所の目があるからすぐわかる。だから鍵なんて必要ない。

「また物取りにでも入られたら、じいちゃんだってもう昔みたいに木刀持って追い返せるほど体力あるわけじゃないんだから、おまえが気をつけないと」

佑弥のお説教が続く。たしかに昔、そんなことがあった。集が小学生の頃、家の用事で祖父を住居の方に呼んだ間に、泥棒が店先に入り込んだ。祖父がすぐに気付き、店に置いてあった土産物の刀でそれを追い返し、祖父は少しだけ警察に叱られた。

あの時、集は泥棒が怖くて、夜眠れなくなった。祖父を心配させたくなくて黙っていたが、佑弥がすぐにそんな様子に気づいて、枕を抱えて集の部屋に泊まりに来て、集が安心して寝入るまで一緒の布団で手を握っていてくれたのに。

あの頃の佑弥と、今にこりともせずにお小言を言う佑弥がどうしても重ならず、集は集で不機嫌になった。

「……昨日の人たちは？」

「さっき、駅まで送っていった。あいつらは東京で明日から仕事だから」

「ふうん……」

帰った、と聞かされて、集はほっとした。また今日も田橋家に押しかけられて、自分がそこに呼ばれたらと思えば、憂鬱《ゆううつ》でしかなかったのだ。

少し気を取り直して佑弥を見上げた集は、その首に革紐《かわひも》のペンダントなんてぶら下がっているのに気づいた。

「……あのさ。そういう髪とか、そういうの、やめろよ」

佑弥は今まで、アクセサリーを着けるような男じゃなかった。似合っているか似合っていないかでいえば、似合っているのだろうが、でもこんなの佑弥じゃないという気持ちが、集の中で膨《ふく》らんでいく。

「何で？」

佑弥の返答は素《そ》っ気《け》ない。問い返すというより、突き放すような声音であることに、集は少し怯《ひる》んだ。つい、探るように佑弥を見上げる。

「佑弥……東京で、何かあったのか？　あの同僚って人たちに、変な風に感化されたとか……」

「……」

佑弥は答えない。眉を顰めたまま集を見返しているだけだ。

集もまっすぐ佑弥を見返した。人となかなか目を合わせられない集だが、佑弥だけは、みつめてもみつめ返されても平気だった。

佑弥は集やその家族のことをおかしなふうに言わないと、集自身を見てくれると、そういう信頼があったから。

だが今、佑弥は集に視線を向けてはいるが、ただ眺めているだけのように感じた。昔みたいに、じっと目を覗き込んで、集の心を優しく探るような、そんな気配がまるでしない。

そのことに集は焦燥感と苛立ちを感じた。

「やめた方がいいと思う。ちょっと都会に行ったからって浮かれてるみたいで、格好悪い」

「俺の勝手だ」

苛立ったせいで集も少しきつい口調になったが、返る佑弥の声音はそれを上回って突慳貪《つっけんどん》なものだった。

「見てて俺が嫌なんだよ、そんなの、佑弥らしくない」

自分が言っていることは間違っていないと思うのに、佑弥の眉間にどんどん皺が寄っていくから、集の中で焦りが募《つの》る。焦りながら言を継《つ》ぐ。

「女取っ替え引っ替えしてるとか……二股とか、合コンとか、そういう佑弥、俺は嫌だよ」

「――嫌、って……」

そこで初めて、佑弥の方がどことなく困惑したような声音になった。佑弥の態度が揺らいだことに少し力を得て、集はさらに言い募る。

「そんなんじゃなかっただろ。佑弥は、もっと優しくて、人を傷つけるようなこととか、絶対しなかっただろ」

「集には関係ないんだよ」

だが佑弥はまた素っ気ない口振りに戻ってしまった。

「関係なくないだろ。俺と佑弥は、幼馴染みっていうか、兄弟みたいなものだと俺は思ってるし……」

集が最後まで言い切らないうち、佑弥が手にしていた皿を、荒っぽくテーブルの上に置いた。陶器が割れるんじゃないかというような勢いに驚いて、集はびくりと身を竦《すく》ませた。

「今さら何言ってんだよ」

集を見下ろす佑弥の目が冷たい。そんな眼差しも、集はこれまで佑弥に浴びせられたことがなかった。

「今さら……って……」

「どうして俺がこういうふうになろうって思ったのか、おまえ、考えもしないんだな」

眼差しと同じくらい冷たい口調で言う佑弥の言葉の意味がわからず、集は混乱した。

「か、考えたから、今、そういうのやめた方がいいって言ってるんだろ。俺は前の佑弥の方が」

「俺を、おまえにとって都合よく保護者的な立場に置くな」

今度も、佑弥は集の言葉を最後まで言わせようとせず、断ち切るように低い声で言った。

「たしかに兄弟みたいに育ってきたけど。集と俺は兄弟じゃないだろ。他人だ。お互いもういい歳なんだから、そういうのやめろ」

他人だ、とあまりにはっきり断言されて、集は口も、体も、強張ったように動かなくなる。

(知ってたけど――そうだけど……)

佑弥は兄じゃない。家族じゃない。そんなのわかっていて、だからこの町を出ていく時も引き留めたりせずにいて、でもそれは自分が佑弥の足枷《あしかせ》になるべきじゃないと思ったからで、

(だから、他人なのは、あたりまえだけど)

佑弥は何もおかしなことは言っていない。そのはずなのに、集の頭はうまく相手の言葉が呑み込めなかった。

結局口にするべき言葉が思いつかないまま、のろのろと視線を下げて佑弥から目を逸《そ》らしてしまう。

何か、佑弥に、言ってほしいと思う。『ゆっくりでいいから、集の思ってることを話してみな?』と、昔みたいに、優しく促《うなが》してほしい。それでも何も言えずに俯く頭を軽く叩いて、『違ってたらごめんな』と言いながら、集の思っていることをそのまま言い当ててほしい。

「――じゃあこれ、置いてくから」

だが佑弥が言ったのはそれだけだった。ひどく気まずそうな声音で、さっき乱暴に置いた皿を、集の方にそっと押し出してくる。寛子に頼まれて夕食を届けに来たのだろう。頼まれなければ、この家に来る用事もなかったのだろう。

そう思ったら、またひどく焦る気持ちになって、集は考えるより先に口を開いた。

「こ……今度、昨日の人たちが来ても、俺は会わないから」

さっきは何も言えずに黙り込むことしかできなかったのに、なぜか今は言おうとも思っていなかった言葉が口を衝《つ》いて出てきた。

立ち去ろうとしていた佑弥が足を止め、振り返る気配がする。

「うるさいし、チャラチャラしてみっともないし、ずけずけ物言うし。あんな奴らと付き合うとか、佑弥の気が知れない」

「人の友達を悪く言うなよ。おまえの方の気が知れないよ、俺には」

平坦な調子だったのに、佑弥の声には怒りが滲《にじ》んでいた。突慳貪という以上に気分を害して、腹を立てていることが、嫌と言うほど伝わってくる。

「あいつらと俺がどういうふうに付き合ってたかも知らないくせに、自分が気に喰わないからっていうだけで悪く言うな！」

声を荒らげ、その語気の強さに集が怯んでいるうちに、怒った足取りで佑弥が去っていく。

「……」

集は身を竦ませたまま、呆然と、佑弥が去っていく様子を見送るしかなかった。

佑弥と入れ替わりに、今度は、祖父が居間にやってきた。まだ眠たそうな腫れぼったい顔をしている。

「集、どうした？　何か騒がしかったな」

声をかけられるまで祖父に気づかなかった集は、欠伸《あくび》混じり、掠《かす》れた声の問いかけにも、びくっと肩を揺らした。

「な……何でもない」

「佑弥来たのか？」

祖父はテーブルに置かれた皿を見下ろしている。

「ん……、それ、食べろって」

答えながら、集は立ち上がる。皿に載っていたのは集の好きな鶏肉や野菜の唐揚げだったが、さっきまであった食欲がどこかに消し飛んでいる。とても食べる気になれなかった。

「ごめん、俺、何か具合悪くて。ごはんあっためるから、じいちゃん食べて」

「大丈夫か？」

心配そうな祖父に、集はどうにか笑って頷いた。祖父の分の夕食の支度をして、二階の自室へと引っ込む。祖父の寝室は一階にあり、集の部屋は二階だ。あと二部屋あるが、片方は物置に、片方は空き部屋になっている。両親が生きていれば、彼らや、もしかしたらできたかもしれない集の兄弟の部屋になったのだろう。

重たい足を引きずって、集は自室に辿り着くと、どさりとベッドに倒れ込むように突っ伏した。

（佑弥に、怒鳴られた）

思い出すと、気持ちと体がまだ竦む。

佑弥からあんなふうに怒鳴りつけられたのなんて、初めてのことだった。

昼間民芸品の職人に親について当てこすられたことより、その家族に大袈裟なくらい謝られたことより、店や自分たちの先行きについて考えるより、佑弥と喧嘩をした――佑弥を怒らせたことの方が、今は辛い。

子供の頃からの付き合いで、これまで喧嘩のひとつもしたことがないわけでもない。我儘《わがまま》を言って集が佑弥を怒らせたこともあるし、つまらないことで些細《ささい》な言い争いになったこともある。たとえば佑弥だけ先に小学校に通うのが狡《ずる》いと相手を責め続けた時とか。アニメのヒーローの誰が一番格好いいかで言い争いになった時とか。

でも言い争いといっても、佑弥は困ったように自分の気持ちを主張するだけだった。集が癇《かん》癪《しゃく》を起こせば、必ず佑弥が折れた。拗《す》ねていじけるのは集ばかりで、一人で勝手に癇癪を起こした挙句勝手に塞《ふさ》ぎ込んでいると、佑弥がやってきて笑って手を差し伸べてくれる。集が悪い時でも、「泣かせてごめんね」と謝るのは佑弥で、それで初めて集も、「俺もごめん」と素直になれたのだ。

だからあんなふうに佑弥の方から声を荒らげて怒り出すのは、初めてのことだった。

（……俺じゃないやつを庇《かば》って怒ったのは）

集が相手ではない時に、佑弥が怒るところは、何度か見た。

人付き合いがうまくもないし好きでもないし、口下手な集自身について誰かが悪く言ったり、集の両親のことを噂するのを耳にするたび、涙を浮かべるほど感情を昂《たか》ぶらせて怒るのは、いつも佑弥の方だった。

集は佑弥に対して以外は、それほど感情を見せない。祖父にすら、せいぜい拗ねたり甘えたりするくらいで、反抗期もなく、大人しい孫として接してきた。自分の両親のことを知った時、自分を一人で育ててくれる祖父には、感謝と愛情と同じくらいの遠慮が生まれてしまった。自分よりも祖父はよほど辛い思いをしてきただろう。そんな祖父を困らせるようなことは少しでもしたくない。勿論、何の義理もないのに面倒を見てくれる寛子たちにも、「集はうちの子も同然なんだから」といくら言ってもらったって、甘えきれるわけがない。

でも佑弥に対してだけは、昔から甘えていた。最初からそうではなかったと思う。佑弥があまりに集を許すから、遠慮すれば目に見えるほどしょんぼりとした態度になるから、集は佑弥の前でだけ我儘を言えるようになっていったのだ。

多分それは、自分の代わりに他人に対して本気で怒る佑弥を見ていたから、できるようになったことでもあった。

佑弥は誰より集のことを一番に考えてくれていると、何の疑いもなく信じることができたから。

そのはずなのに。

『お互いもういい歳なんだから』

佑弥に言われたことが集の胸に刺さる。

もう子供の頃とは違う。佑弥は自分の兄でも、家族でもない。たまたま近所で育ったというだけの、ただの幼馴染みだ。

「……そんなの、知ってたけど」

いつか離ればなれになる覚悟は、あるいは諦めは、ずっと持っていた。

それが二年前にやってきたのだと、理解して受け入れたつもりだったのに。

(ずっと東京にいればよかったんだ。佑弥なんて)

昨日久々に佑弥の姿を見てから、嬉しいことも楽しいこともひとつもなかった。

集は色々と考えるのが嫌になって、頭から布団を被《かぶ》り、無理矢理寝ようとそれから数時間、ひどく苦労する羽目になった。

3

集《あつむ》ばっかり佑弥《ゆうや》に構われて狡《ずる》い、と面と向かって糾弾《きゅうだん》されたのは、中学生の頃だった。集が一年生で、佑弥が三年生で。

同じ委員会に入っていた。本を読むのが好きな佑弥が図書委員になったというので、集も真似をしてそれを選んだ。

『幼馴染みだからって、無理に組んでやらなくたっていいじゃん。おまえ、佑弥に頼らないで自分でやれよ、委員の仕事くらい』

くじ引きでカウンターの受付当番のローテーションを決めた。佑弥は集と一緒の曜日を引いた生徒に頼み込んで、それを譲ってもらった。一部始終を見ていた佑弥と同じ学年の生徒が、不満そうに、集を責め立てたのだ。

『黙ってないで、何とか言えよ』

後になって思えば、その生徒は半《なか》ば冗談で、仲のよすぎる佑弥と集をからかっただけだったのかもしれない。だが集は体の大きい三年生が怖くて、身を竦《すく》ませてしまって、それで余計に面白がられてしまった。

『俺が勝手に替わってもらったんだよ』

怒った顔で俯《うつむ》く集に代わり、相手に言い返したのは佑弥だ。

『ほら、また庇《かば》う。おまえ、俺らが誘っても全然遊びにも付き合わないくせにさ。ほんと、こいつばっか構ってて、狡いよ』

『狡いって……』

佑弥は心底不思議そうな顔で、小さく首を傾《かし》げて、自分の同級生を見遣った。

『だって、集が一番大事なんだ。集のこと一番に考えて、何が悪いんだ?』

◇◇◇

はっきりとその言葉を思い出したところで、集は目を覚ました。

夢を見ていたらしい。やたら鮮明な、夢というか、思い出だ。布団の中で、集はぼうっとそれを反芻《はんすう》した。

あの時たしか、佑弥の同級生は、呆れた顔で首を振り、集たちの前から去っていった。佑弥は集を見て「ごめんね、集」と謝った。別に佑弥は悪くなかったのに。

「……あいつ、バカだな」

そして出てきたのはそんな感想だ。

いや、「バカだった」、だ。

集が一番だと言い切って周りから呆れられていた佑弥は、もうどこにもいない。

（起きたくない……）

「佑弥のことはもう考えまい」ということを考え続けて、やっと眠れたのが明け方、今は朝の六時くらいだ。店を開けるまでに家事をするから、そろそろ起きなくてはいけない。

だが下手《へた》に起き出してしまえば、今は顔を見たくはないのに、佑弥と顔を合わせてしまうかもしれない。

（佑弥も日曜出勤なのかな……それとも別の日が休みなのか……そんなことも知らない……）

布団の中で丸まり、ぐずぐずと時間を過ごす。何をここまで気に病む必要があるのか、集には自分でもわからなかった。

（佑弥がおかしいんだ。東京に行ったせいで勝手に変わった。俺は、別に何も変わってないのに）

八つ当たり気味に考えてから、ふと、「本当にそうだっただろうか」と疑問が浮かぶ。

以前にも、何か佑弥らしくないと強く思うようなことがあった。

いつだっただろうか――と考えてもすぐには思い出せず、相変わらず布団の中でぐずぐずと、無闇に寝返りを打ったりするうちに、集はようやく思い出した。

（東京に行く少し前だ）

たしか、佑弥が苦労の末に就職活動を終えた時。いくつかもらっていた内定を蹴《け》ってまで行きたかった会社があったとかで、そこの二次募集でやっと受かったのだと、報告を受けた。

（あの時、変なこと言ってた）

店が休みで、祖父が何かの用事で出掛けていた夕方。集はもう高校を卒業して店を手伝うようになっていたが、その日は勿論暇だったから、部屋でごろごろしていた。

そこに、妙に改まった様子の佑弥がやってきて、無事就職先が決まったと告げてきたのだ。

集はできるだけ気持ちを込めて「おめでとう」と言いたかったし、そう言ったつもりだったけれど、自分でもどこかうわの空のような声音になってしまった覚えがある。

ここを、自分のそばを離れて東京に行くつもりだった佑弥の就職活動についてとか、どんな仕事をしたいかとか、聞きたくなかったのだ。聞いても無意味だと思った。だって佑弥はいなくなる。もう、自分とは関わりのない人生を歩むようになるのだから、聞いたって仕方がない。

『いいよ、俺は、聞いてもわからないから。佑弥が行きたい会社に行けることになったんなら、それが俺も嬉しいよ』

たしか、そんなようなことを伝えた記憶がある。本心のつもりだった。同じ場所で同じ方を向いて、子供の頃の続きのようにいつでも一緒に過ごすようなことはこの先もうできないけれど、佑弥が望むとおりの場所に向かえるのなら、それは集だって歓迎すべき事態だ。

床に膝を抱えて座る集の言葉を聞いた佑弥は、真剣な、どこか思い詰めたような顔で少しの間黙り込んでから、口を開いた。

『集にもわかってほしいんだ。そんな、自分には関係ないみたいな言い方しないでくれ』

『でも……実際、俺は関係ないだろ。佑弥は佑弥の仕事があって、俺はうちの店で』

『集が好きなんだ』

やはり妙な具合に改まった態度になって、真面目な声音で告げてきた佑弥が可笑《おか》しくて、集はそれを笑った。佑弥は最初から正座で、そういう様子も可笑しかった。可笑しいはずなのに、何だかちょっと泣きたかった。

『急にどうしたんだよ。そんなの知ってるよ。俺だって……』

春になれば、もう佑弥は行ってしまう。

その覚悟をつけるつもりで、これまで優しくしてもらったことに感謝するつもりで、集だって改まって佑弥を見返した。

『俺も、佑弥が好きだよ。今までずっと、ありがとう。佑弥が俺のこと助けてくれて、ずっと嬉しかった』

いつもそう思っていたが、きちんと口に出して伝えたことはなかった気がする。佑弥がいてくれたから、幸福な子供時代を過ごせた。佑弥がいなかったらと想像するだけでぞっとする。同い年の近い、呼べばいつでもそばにいてくれる味方もなしに、学校に通って、帰ってからも一人で、長い長い時間を過ごさなければならなかったのだ。

そう真摯《しんし》に告げる集に、佑弥はどこかもどかしそうな顔でかぶりを振った。

『そうじゃない』

焦《じ》れたふうに言ってから、佑弥は真正面から集の目を覗き込んできた。集もいつもどおりまっすぐに、佑弥の顔を見返したはずだ。

『小さい頃から、ずっと集が好きだ。これからも一生かけて守りたいし、一緒にいたい』

『一緒に……って、だって佑弥、春になればここ、離れるんだろ』

『そうだよ。だから、離れる前にちゃんと伝えておかなくちゃと思って』

『ちゃんとわかってる。そりゃ俺はあんまり態度よくないし、佑弥に甘えてばっかで……口に出して言うことも全然なかったけど。佑弥が俺のこと大事にしてくれたのは知ってる。本当に、感謝してる』

『そうじゃないんだって！』

佑弥がもどかしげに声を上げる理由がわからず、集は首を傾げた。

『何が？』

『だから……』

佑弥は何か言おうとして口を開いてから、ぎゅっと唇を引き結んで、集の方に手を伸ばしてきた。

体が温かいものに包まれて、きつく締めつけられる感触を味わってからやっと、集は自分が佑弥に抱き締められているのだということに気づいた。

『え、何……』

驚きと混乱。佑弥は集に対して昔からいつでも好意を隠そうとはしなかったが、手を繋いだり頭を撫でられることはあっても、抱き締められることなんてそれまでなかった。

『幼馴染みとか、兄弟とか、そういうんじゃないんだ』

佑弥の低い声が耳許で聞こえた。思い詰めたように苦しげな、でもどこか甘さを孕《はら》んだ声に、集は余計うろたえた。

『俺はずっと、集のことこういうふうに、こういう気持ちで、好きだって』

佑弥の言葉をすべて聞くことはできなかった。耐えかねて、集は佑弥の腕の中でじたばたと身動《みじろ》ぐと、思い切りその胸を押した。

そうされることをまるで予測していなかったかのように、集よりもよほど背が高くてしっかりした体つきの佑弥は、簡単に突き飛ばされた。

床に尻餅《しりもち》をついて集を見上げる佑弥は、どこか傷ついた顔をしていたかもしれない。

後になって「そうだったかも」と思い出すくらいで、その時の集は混乱した自分の頭を整理しきれず、佑弥の様子にまで気が回らなかった。

『へ……変な冗談、やめろよ』

ただ強張《こわば》った掠《かす》れ声で、佑弥にそう告げるのが精一杯で。

『冗談なんかじゃない』

崩れた体勢を立て直しながら、佑弥は強い調子でそう答えた。集はぎこちなく首を振った。

『全然、笑えないよ。佑弥冗談とか苦手なんだから、無理して言うこと』

『集、ちゃんと聞いてくれ』

『だってそれじゃ、こんなの、ホモじゃん』

笑えない、と言ったくせに強張った顔で笑いながら集が言うと、佑弥の顔が凍りついたように固まった。

『おっ、男同士とか変だし、気持ち悪いだろ。ホモなんて普通じゃないんだから、ほんと馬鹿な冗談言うなよ』

集は何か、必死だった。佑弥が真剣な顔をしていたのが怖くて、笑い出さないことが恐ろしくて、部屋に漂う緊張した空気を壊してしまいたくて、上擦《うわず》った声で、いつもよりずっと早口に、笑いながら言うしかなかった。

『道外れるようなこと冗談でも言うの、全然、佑弥らしくない。そんなこと間違っても他の人の耳に入ったら、変に言われるんだぞ。俺は、そういう冗談も、そういう冗談言う佑弥も、す、好きじゃない』

『……』

しどろもどろに言う集を、佑弥は黙ったままじっとみつめていた。その佑弥の顔を見ていられず、集は相手から目を逸《そ》らした。

『俺、せっかく真面目にありがとうって言ったのに。茶化すようなことするなよ』

自分こそ茶化すように言ってみても佑弥の無表情は変わらないから、今度は拗《す》ねてみせた。

俺は本気で言ったのに、ふざけてぶち壊すなんて酷《ひど》いと、怒ってみせる。

集が拗ねて怒れば、佑弥はいつも必ず折れる。

『……ごめん』

あの時だって、佑弥は困ったような――泣き出す一歩手前のような顔で、それでも笑って、言った。

『ごめん、冗談だよ。そうだな、笑えない冗談だったな』

佑弥が謝ってくれたことに、集はひどく安堵《あんど》した。

『本当だよ、バカ』

『ごめんな』

集がそっと見遣った時、佑弥はいつものように穏やかな、優しい顔で笑っていた。

佑弥はそのまま集の部屋を出ていって、その日から東京へ行く当日まで、支度が忙しいとか、他の友達と別れを惜しむために出掛けるとかで、あまり集のところに顔を見せなくなった。

（……二年前のあの時だって、佑弥は変だったんだ）

佑弥はいつも正しくて、間違ったことを言わなかった。

集はそういう佑弥が好きだったし、だからあんなことを言い出された時、信じられなかった。

冗談だろうと、後ろ指をさされるようなことを言うべきじゃない。

佑弥が人から変な目で見られることを考えるだけで、集は胸が苦しくなる。あの時のことを思い出している今ですら。

集にはあの時の佑弥の気持ちがわからない。何のつもりだったのか。わからないけれど、その理由について考えたくはなくて——考えてはいけない気がして、意図的に忘れようとしてきた。

（……何で考えちゃいけないんだっけ）

その理由も思い出せない。ただ今も、やはり『考えない方がいい』と頭のどこかで聞こえる警鐘《けいしょう》に従って、それについて思いを馳《は》せるのはやめた。

（とにかく……今だって、あんな格好で派手な女二人も引き連れてふらふら町中歩いて、もう噂になってるんじゃないのか。東京に行っておかしくなったって）

あの友達とやらが、自分に対してと同じく佑弥の素行《そこう》について町の人たちに言いふらしたかもしれない——と思い至り、集は心臓が痛くなった。

（やめさせなきゃ）

友達は東京に帰っても、ここに残った佑弥は目立つ格好のままだ。地元の女たちは佑弥の周りに群がっていた。あの中の誰かに、いや片っ端から手を出すなんてことがあれば、佑弥をだらしない人間だと嫌う者も出てくるだろう。

（……でも、俺の言うことなんて、もう聞いてくれないかもしれない）

佑弥に怒鳴られたゆうべのことを思い出すと、集はますます布団から出る気が起きない。

結局店を開けるぎりぎりまでずるずるベッドで過ごし、諦めて起き出してからもなるべく店や家の外に出ないよう心懸け、そのまま何とか佑弥と顔を合わせることなく一日を終えた。

◇◇◇

しかし翌日、月曜の朝、開店準備をしている途中で佑弥に遭遇してしまった。

佑弥は会社に向かうところらしく、きちんとしたスーツ姿で、ブリーフケースを小脇に抱えている。髪も、私服の時は手櫛《てぐし》で無造作に整えたという風情《ふぜい》のラフなスタイルだったのが、今は落ち着いた形に整えられている。

髪の色は相変わらずだが、かつて何の手も入れず真っ黒だった頃を覚えているからやたら明るく感じるだけで、今どきならこのくらいそう珍しくもないのかもしれない。

とはいえやはり派手に見えるが、悪目立ちというよりは何というか――やたら似合っていて、人目を惹く感じ、なのかもしれない。

「……おはよう。何？」

怪訝《けげん》そうに問われて、集は佑弥を日の前にしてつい箒《ほうき》を動かす手を止め、まじまじと相手の姿を眺めている自分に気づいた。

「べ、別に……おはよう。出かけるの、遅いんだな」

「ああ。フレックスだから」

高校もブレザーだったから佑弥のネクタイ姿など慣れているつもりだったのに、妙に新鮮に感じて、目が離せなかったなどと言いたくなかった。何しろ集と佑弥は、一昨日《おととい》から喧嘩をしているようなものなのだ。

(今どき珍しくないにしたって、佑弥がこういう頭してるのは、変なんだ)

よく見れば、眉も整えられている気がする。あの東京の友達にでもやり方を教わったのか。

(男が見てくれに手をかけるとか、そんな、笑いものだ)

集は佑弥から目を逸らし、店の前の掃き掃除を再開した。

素《そ》っ気《け》ない雰囲気とはいえ挨拶《あいさつ》もすませたし、佑弥はさっさと会社に行ってしまうだろうと思っていたのに、なぜか気配がなかなか消えない。

(今、言うべきか？)

そんな頭変だから、元に戻すようにとか。

(いっそバカみたいな柄とか色のスーツでも着てくれてたら、こっちだってそういうのやめろって怒鳴りつけてやるのに)

結局集は尻込みしてしまったのだ。集が次の機会を待とうと気を取り直しかけた時、佑弥がさらに近づいてくる気配がした。

見上げると、佑弥は集のすぐそばに立っていた。

また、何か怒られるのか。集は身構えるが、佑弥は一昨日の仏頂面《ぶっちょうづら》とは違い、笑いはしないが、眉根を寄せたりもせず、集を見下ろしている。

「こないだは、ごめん」

その上、そんなことを言い出すので、集は驚いた。

「大きい声出して、驚いただろ。ごめんな」

佑弥は少し悔やんでいるような表情に見えた。

謝られたことが意外すぎて、集はひそかにうろたえた。佑弥が戻ってきてからこっち、取り乱してばかりだ。

「ほ……ほんとだよ、あんな、怒って」

咄嗟《とっさ》に、突慳貪《つっけんどん》な返事をしてしまう。いろいろ言ってやろうと思っていたが、一昨日は人の友人を悪く言ったりと、自分の方もひどかったと、急に頭が冷える心地になった。

売り言葉に買い言葉で、佑弥の言うとおり、あの人たちのことを知りもしないのに嫌なことを言ってしまった。

「……先に謝られたら、こっちが悪者みたいじゃないか」

心の中ではもう反省しているのに、つい憎まれ口を叩いてしまうのは、子供の頃からのよくない癖だ。佑弥は苦笑している。さすがにこれじゃいけないと、集はますます反省した。

「でも、俺も、ごめん。……佑弥の友達悪く言ったり、格好悪いとか……ごめん」

少なくとも今の佑弥を見て、格好悪いとかみっともないとは集だって思わない。仕事に向かうための身だしなみはきちんと整えてある。その辺りがしっかりしていることに、ほっとした。

それで素直に謝ることができた集に、佑弥がまた苦笑いしながら首を振った。

「いいよ。田舎者が無理してって、自分でも思うし」

「そんなことない」

「え？」

「……格好いい。スーツ、似合ってるし」

さっきは気まずいせいで言えなかった本音を、集はついでだからと佑弥に伝えた。

「こないだの服とかは、やっぱり俺は好きじゃないけど。ちゃんとネクタイしてるのは、格好いいなって思う。ちゃんと社会人っぽいし、仕事できる大人って感じする」

きちんとした格好の方を褒《ほ》めれば、都会のちゃらちゃらした若者みたいな格好をやめてくれるかもしれない。そういう下心もあって、集は思ったままを隠すことなく佑弥に伝えた。

また「集には関係ないだろ」と突き放されるかもしれないと思うと少し怖かったが、やっぱり大事な幼馴染みのことだ。見過ごせはしない。

集はそうやって精一杯褒めたのに、佑弥は相槌《あいづち》も打たず、なぜか片手で顔を覆《おお》っている。痛む頭を押さえているような仕種にも見えた。

「え、何」

まるで「ひどいことを言われた」というような反応に、集は訝《いぶか》しくなった。

「……狡いよ、集は」

「え」

狡い、と言われるのは予想外だった。

「何が？」

「……」

問い返しても、佑弥は溜息を吐くばかりで答えてはくれない。

「じゃあ俺、会社行くから」

「え？　あ、うん。いってらっしゃい」

釈然《しゃくぜん》としない気分で、集は佑弥を見送った。

◇◇◇

それでも集は佑弥が普通に話してくれたことが嬉しかった。

佑弥がまたいずれ『出ていく人』だと理解していても、いる間、何も進んでギスギスする必

要もない。

だから佑弥が謝ってくれて、自分も謝って仲直りをすませたと思っていたのに、その時以降、集はほとんど佑弥の姿をみかけることがなかった。

「あれ……佑弥、またいないの」

田橋《たばし》家の夕飯に誘われ、店を閉めたあとに向かっても、いつも佑弥の姿がない。

「そうなの、歓迎会だか飲み会だかばっかりで」

寛子《ひろこ》も連日息子の帰りが遅いことに呆れ気味だった。

朝、出勤する佑弥と店先で会うことも、あの一回限りだ。駅に向かうならニシキの前を通るのが一番近いのに、その姿を見かけないのなら、佑弥は故意に遠回りをして集と顔を合わせるのを避けていることになる。

当然集は、そんな佑弥の態度が面白くはない。

しかも佑弥が帰ってきてから十日ほど経《た》った頃、夕方集が一人で店番をするニシキに高校時代の同級生が押しかけてきたのも、腹が立つ。

何が腹立たしいかと言えば、

「仁敷《にしき》、ちょっと、田橋先輩と繋《つな》ぎつけてよ」

などというのが、卒業後は滅多《めった》に会っていない、というか在学中ろくに口を利《き》いたこともないはずの女だったからだ。

『俺だって佑弥と会えてないのに、何で関係ないおまえに繋ぎなんかつけないといけないんだよ』と、無性に苛立《いらだ》った。さすがにそれをそのまま口にすることはなかったが、態度が素《そ》っ気《け》なくなるのは止められない。

「何で。用があるなら、自分で直接言えばいいだろ」

「バカ、それが無理そうだからに決まってるでしょ。田橋先輩昔っからどんなに可愛い女子が声かけたって、全然靡《なび》いてくれなかったんだから」

ニシキとは別の通りにある商店街にある倉田《くらた》という葉茶屋の娘で、たしか舞彩《まい》とかいう名前だった。どんなに可愛い女子が、と言い放つだけあり、結構な美人で、商店街のご隠居達が今どき「舞彩は小町《こまち》だね」などと言うくらいだ。たとえば佑弥の連れて来た東京の女友達と比べれば飾り気《け》も化粧っ気もないが、綺麗な黒髪をさっぱりとひとつにまとめ、すっきりした目鼻立ちが清潔そうな、しかし気の強さがそのまま顔に表れた美人だった。

「でも仁敷が言えば、聞いてくれるでしょ。一回だけでいいの、最初に会う約束取りつけてもらえれば、あとはこっちで何とでもするし」

舞彩の言うことは何もかも集の癪に障る。

「俺の言うことなんか聞かないよ、佑弥は」

大して汚れてもいないレジ台を掃除するふりで、舞彩から顔を逸《そ》らしつつ、そう答える。

「なあに、あんたたち、いい歳して喧嘩でもしてるの？」

呆れたように言われると、苛立ちも絶好調になる。

「別に。どうでもいいけど、用がそれだけなら、帰れよ。商売の邪魔」

「客の一人も来ない店で何言ってんのよ。っていうかあんた相変わらず愛想《あいそ》ないわね、客商売なのにそんなことでいいと思ってるの？　笑いなさいよ、せっかくそこそこ綺麗な顔してるんだから」

集は手にしたダスターを舞彩に投げつけたい衝動を、必死に我慢した。そこまで舞彩と打ち解けた関係じゃない。

「とにかくお願いね、あ、これ私の携帯の番号。店には電話しないでって言ってね、お父さんたちには知られたくないから」

知るかよ、と集が押しつけられたメモ用紙を突っ返す暇さえも与えず、舞彩はさっさと店を出ていった。倉田茶屋のロゴが入ったエプロンをつけたままだから、仕事を抜け出してきたのだろう。集はむしゃくしゃしたまま、メモ用紙を丸めてジーンズのポケットに突っ込んだ。

舞彩が去っていってからも気分が収まらず、その日も田橋家の夕食に呼ばれたあと、祖父は家に帰ったが、集はそのまま居座った。寛子と宏則《ひろのり》は寝室に引っ込み、日付が変わってずいぶん経つ頃に、佑弥がようやく帰ってきた。

「おかえり」

ダイニングテーブルに頬杖をついている集をみつけると、佑弥は驚いたように目を瞠《みは》った。

「ただいま。……びっくりした、いると思わなかった」

佑弥はそのままキッチンに向かっている。水を汲《く》んで飲んでいた。顔が少し赤いから、どうも酔っ払っているらしい。

「今日も飲み会だったのか？」

「そうだよ」

佑弥はまた素《そ》っ気《け》ない。この間、向こうから声をかけて、謝ってくれたのが、嘘みたいだ。

「少し控《ひか》えろよ。毎晩こんな時間なんだろ、遊びすぎだよ」

水を飲み干し、グラスをシンクに置いてから、佑弥が集を振り返った。

「それを、集に叱られないといけない理由がわからないんだけど」

ことさら不思議そうに言われて、集は少し言葉に詰まった。

「それは……おじさんとおばさんも心配するし」

「しないって。俺もう、二十五になるんだぞ？　いい大人だし、大体、これまで離れた土地で暮らしてたんだ。今さら心配なんてしないよ」

たしかに、佑弥の言うとおりかもしれない。仕事をして、二年間自活していた立派な大人だし、自分の給料で酒を飲んだところで、寛子たちが咎《とが》める理由はない。ましてやただの幼馴染みである自分が苦言《くげん》を呈《てい》するのも、おかしな話なのだろうか。

「で、何。集は、わざわざ俺に小言を言うためにこんなところで待ってたわけ？　心配でもしてくれた？」

それでも佑弥からそんなふうに訊ねられれば、かちんとくる。全然佑弥らしくない物言いだった。

「別に。……俺の高校の時の同級生の女が、佑弥と遊びたいんだってさ。それ伝えに来ただけ」

学生時代も、女子生徒から佑弥への橋渡しを頼まれたことが何度かある。色恋沙汰に興味のない集は、佑弥と自分の間にそういうものを持ち込むのが苦手で、必ず断っていた。それでも（たとえば舞彩のように）強引な相手から逃げられなかった時は、しぶしぶ佑弥に相手の要望を伝えた。勿論、想いに応えてやってほしいと頼むなんていうことはなく、ただ、「こういうことを言う奴がいる」と告げるだけだ。

『うーん……そういうの、集……人伝《ひとづて》に言わせるの、やっぱり好きじゃないな。ごめん、何度も面倒な役目やらせて』

すると佑弥は困ったようにそう言って、集に謝った。俺が直接断っておくよと言う佑弥に、とても安堵したのを覚えている。

「え、誰？　いいよ、連絡先聞いたか？　俺の携帯教えてよかったんだけど」

しかし今は、学生時代の記憶とはまったく別人のように、実に軽いノリで佑弥が頷いている。

その軽さに、集は今日一番苛々《いらいら》した。

「俺、佑弥の新しい携帯番号とか知らないんだけど」

「あれ、そっか。教えてなかったな」

集はそもそも電話やメールが苦手で、形ばかり携帯電話は持っていたが、佑弥とやり取りをほとんどしなかった。電話に頼らなくても大抵一緒にいたし、すぐ会えたから、必要もなかった。

二年前に佑弥が東京に行ったあと、相手からは連絡が来なかったので、苦手な気分を押して携帯に電話をかけたら、繋がらなかった。寛子に聞いたら、引っ越しついでに回線を契約し直したそうで、「集には教えなかったの？　あの子案外抜けてるわねえ」と呆れつつ新しい番号を教えてくれようとしたが、それを断った。佑弥が出なかったことで、番号を変えたのに教えてくれなかったことで、よけいに電話が苦手になった。どうせもうこっちからはかける気が起きない。用があるなら佑弥からかけてくるはずだ。

それで結局二年間、佑弥から集に電話がかかってくることも、メールが届くこともなかった。集も自分から連絡はしなかった。

なのに「俺の携帯教えてよかったんだけど」「あれ、教えてなかったな」だ。佑弥の言葉の軽さは、どうしても集を苛立たせずにはいられなかった。

少し荒っぽい動作で立ち上がり、居間の壁際に置かれた電話台から勝手に職業別電話番号一覧の載った冊子を取ると、『倉田茶屋』を探して、また勝手にペンで丸をつける。マイ、と名前も書いてやった。

「ここに電話すりゃ、いるよ！」

いつかのお返しとばかり、電話帳をダイニングテーブルに叩きつけるように置く。佑弥の反応を見たくなくて、あとは挨拶もなく居間を出て、田橋家を出た。

（いい大人とか、関係ないとか、またそういうことばっかり）

ことさら誇張《こちょう》するようにそう言う佑弥が、心底ムカつく。

舞彩にも「いい歳して喧嘩してるの？」なんて言われた。

ムカつくし、何だか悲しい。——寂しい。

（でもいい。二年前と変わらないってだけだ）

あの時に、集はもう佑弥とは訣別《けつべつ》する覚悟を決めていた。町を出て『東京の人』になった佑弥から自分に連絡がないのも、仕方ないことなのだと諦めていた。

なのにたった二年で佑弥が戻ってきたことが予想外だったから、多分少し、どこかで、夢を見てしまったのだ。

見た目や態度が変わってしまっても、でもやっぱり佑弥は佑弥だ。子供の頃のように、また仲のいい兄弟みたいに、過ごせるんじゃないか、と。

でもそんなの、本当に、ただの夢だった。

（たしかに、二十歳過ぎて男同士がべったりしてたら変だし。……二年間、俺は別に佑弥がいなくてもやってこれたし）

そう思いはするのに、佑弥の言動がどうしても気に懸かる。万が一にも舞彩を弄《もてあそ》ぶような真似をすれば、佑弥の評判はこの地元で地の底に落ちるに違いない。舞彩は気の強い女だし、東京の女たちのように二股をかけられておもしろおかしくはしゃいだりはしないだろう。佑弥は同年代の男女から嫌われるに違いない。集はそれが恐ろしくて、咄嗟《とっさ》に、彼女個人の携帯電話ではなく店の方を教えた。彼女の家族公認になれば、佑弥だって滅多《めった》なことはできないだろう。

（……したら、どうしよう）

舞彩から頼まれたこと自体、伝えなければよかったかもしれない。だがあの勢いなら、集が断ったって、彼女は直接佑弥に声をかけるだろう。昔の佑弥なら、面と向かって付き合いを請《こ》われたところで必ず自分で断った。だが今の様子なら、舞彩とも軽々しくデートにでもでかけてしまうかもしれない。

（そういえば東京のあの二人はどうしたんだろう）

彼女らが再びここを訪れることはないが、電話なりメールなりで連絡を取っているかもしれないし、休日に会う約束もあるのかもしれない。

かもしれない、ばかりで落ち着かなかった。

（とにかく……佑弥が変な噂になって、ここに居辛《いづら》くなるようなことだけは、やっぱり止めなくちゃ）

田橋家を出て家に戻りながら、集はそんな決心をした。

4

佑弥《ゆうや》のことでひどく思い悩んでいたせいか、翌日、集《あつむ》はすっかり寝過ごした。

どこかで、甲高《かんだか》いベルの音が何度も何度も鳴っている。ベッドの中で夢現《ゆめうつつ》だった集は、ただ
「うるさいな……」と不快な気分で唸《うな》り声を上げ、頭から布団を被《かぶ》ってしまった。

やっとベルが止《や》んだので、もう一度寝入りかけた時、出し抜けに部屋のドアが開く音がして
一気に目が覚めた。

「日《ひ》の出《で》製菓さん！」

「……は？」

とはいえまだ寝ぼけていたのか、挨拶《あいさつ》もなく叫ばれた言葉の意味がわからなくて、集は首を捻《ひね》りつつ、被った布団から顔を出した。

声でわかっていたが、部屋に入ってきたのは佑弥だった。佑弥は、うまく開かない目を擦《こす》る集の方へずかずかと近づくと、乱暴に布団を引《ひ》き剝《は》がして床に捨てた。

「何……」

「さっきから、ずっと呼んでるぞ。品物届けてくれたんだろ！」

「え……あっ！」

やっと、眠気で断線していた集の頭の回路が復活した。慌てて時計を見ると、十時をとっくに過ぎている。きなこパンが入荷する時間だ。ここまでひどい寝坊をしたのは初めてで、集は蒼白になってベッドから飛び降りた。

「じ、じいちゃんは」

「じいちゃんもまだ寝てる」

よりによって祖父孫揃って寝坊をしたらしい。着替える間も惜しく、集はだらしない部屋着のまま部屋を飛び出し、倉庫に入るとその出入口を開けた。不機嫌な顔の製菓メーカーの主人が、きなこパンの入ったケースを抱えて立っている。

「す、すみません、お待たせしました」

相手は集のいかにも寝起きであるという格好を見て、露骨《ろこつ》に顔を顰《しか》めた。

「もー、他にも配達あるんだから、しっかりしてよ。ほら、ハンコちょうだい」

集は差し出された伝票に急いで判子を捺《お》し、何度も相手に頭を下げて、商品を受け取った。

相手は不機嫌なまま去っていく。

「信じらんない……」

寝起きがいい方なので、ここまでの寝坊なんて初めてだ。取引相手に迷惑をかけてしまったことに落ち込んで溜息をついていたら、倉庫の方に、祖父が顔を出した。

「あれ……誰か、来てたか？」

「ごめん、パン届いただけ。じいちゃんまだ寝てて」

ここ最近の祖父は、よく眠る。惰眠《だみん》を貪《むさぼ》るというより、疲れやすくて、すぐ横になってしまうのだ。

「いやー、起きないと」

それでも祖父はそう言って、顔を洗いに洗面所の方に去っていった。

集がもう一度溜息をついていると、今度は佑弥が二階から降りてきて、倉庫に顔を覗かせた。

「じいちゃん歳なんだから、おまえがしっかりしないとだろ」

また前置きもなく、頭ごなしに叱られる。集はむっとするが、正論なので、反論はできなかった。眠りに就《つ》けたのが明け方近くだったのに、いつもちゃんと起きられるから、目覚まし時計もかけていなかったのだ。

佑弥が起こしてくれなかったら、きなこパンは納品されずに終わっただろう。下手《へた》をすると、製菓メーカーを怒らせて、商品を卸《おろ》してもらえなくなることだってあったかもしれない。頑固《がんこ》職人という感じの主人が、家族経営でやっている小さな会社だ。

「ありがとうな、佑弥。起こしてくれて」

昨日の自分の態度は悪かっただろうし、そもそも気まずいままだし、こんなふうに気に懸けてもらえるなんて思っていなかった。出勤する時に、何度もドアベルを鳴らす相手に気づいて、声をかけてくれたのだろう。

本音でありがたく、助かったと思うので、集は素直に礼を言った。

言われた佑弥の方は、眉を顰《ひそ》めて集を見返している。

「佑弥？」

じっと集を見下ろしていた佑弥は、声をかけると、はっとしたように小さく目を見開いてから、顔を逸《そ》らした。

「——俺は会社あるから」

言葉が素っ気ない。その態度が集には、腹が立つというより、寂しく感じられた。

「ああ……うん、いってらっしゃい」

送り出すのに、返事もない。佑弥は倉庫のドアから外に出ていってしまった。

それを見送って、集はまた溜息をつくと、パンのケースを手に開店準備を始めるため、店に向かった。

◇◇◇

失敗をして落ち込んでいるうえに、今日は輪を掛けて来客が少ない。

祖父は「起きないと」と言って身支度をしたのに、そのまま外へ遊びに出掛けてしまった。

きっと、まるで人の来ない閑散《かんさん》とした店の様子を見るのが嫌なのだろう。

諦めてしまったのだろうと思っていたが、出がけにひどく寂しそうな顔で店の中を眺めていた祖父の様子を見て、集はようやく気づいた。祖父は投げ出してしまったわけではなく、どうしたらいいのかわからないのだ。集が子供の頃は、観光案内所にちらしを置かせてもらったり、一見《いちげん》の客が入りやすい店構えを工夫したり、努力していた。だが土産物センターができてからは、何を試《こころ》みても客は減る一方で、歳を取ったせいでそれに向き合う力も出ず、途方に暮れているのだ。

集は祖父に楽をさせるためにも、店は畳《たた》んで、自分が外へ働きに出る方がいいのではと思っていたが、それでいいのだろうかと不安になってきた。祖父はおそらく、集がそうしたいと言えば、受け入れてくれるだろう。だが、店を継ぐために高校は商業科に行くということ、卒業後本格的に店を手伝うと告げた時の、祖父の嬉しそうな顔を、どうしても思い出してしまう。

(俺が、もっと頑張らないと駄目なんだよな……)

集自身はいろいろなことを諦めてきた。その結果、欲しいものも特になく、ただ漫然と日々を過ごすような生き方をしてきたけれど、祖父が大切な店のことを諦めているのではと気づいた時、それは結構な衝撃になった。

好きな人が、大事なものを諦める姿を見るのは辛い。

自分のことなら諦めるのなんて簡単だが、祖父がこのまま何の希望を口にすることなく、諦めたと宣言することもなく、静かに店から離れていくのは、どうしても嫌だと思う。

場当たり的にPOPを飾るなんてやり方では足りない。もっと根本的に変えていかないと駄目なのはわかっているが、方法が思いつかない。

一人で考えても埒《らち》があかないので、集は店番をしながら、携帯電話でインターネットに繋いで集客の方法を探したり、何かしら店をやっている人の経験談などを読み漁《あさ》り始めた。

客のいない隙を見て——ということは店にいるほとんどの時間、そうやって過ごす。最近はネットに出店するのも手間やコストをかけずにやれるらしいことがわかったが、ニシキの最大の売りはきなこパンで、賞味期限のある生ものだから難しいだろう。大体、日の出製菓の商品なのだから、ニシキが販売するのもおかしな話だ。他の民芸品なども同様だし、そもそも木彫りの人形なんて、インターネットを使うような若い層が欲しがるとも思えない。

新しい商品でも開発できたらいいのだろうが、そんな才能も、頼める伝手《つて》も、ひらめきも、資金もない。

数日間、それでも集はひたすらインターネットを検索したり、役に立ちそうな本を図書館で探したりと、これまでにないほど頑張った。祖父に相談しようかとも思ったが、具体的な案が出るより先に話をしたところで、乗り気になってもらえない予感がしたので、ひとまずは調べられることを調べようと思い留まる。

(こういう時、人付き合いがまるでないっていうのは、まずいんじゃないか?)

そして今さらながら、そんなことに思い当たった。

愛想《あいそ》がよく腰が軽い祖父は、あちこちに出掛けては知り合いを作るし、商店街で親しい人が何人もいる。対して集は、その祖父の人脈に、孫というだけで摑《つか》まらせてもらっている状態だ。だから、民芸品の職人のように、集を快《こころよ》く思わない者も出てくるのだろう。以前はニシキの両隣に和菓子屋と古書店があって、そこの人たちとはそこそこ話をしたのだが、どちらも十年も前に商売を畳んでいる。同じ商店街の中でも、会えば挨拶する程度の付き合いしかしてこなかった。

両親のことで気を遣われるのが嫌で、逃げ続けていた結果だ。

店を継ぐと決意したのなら、その辺りを、きちんと考えなければいけなかったのに。

店の現状を打開する案を考えるより、自分の至らなさを自分で責めて落ち込む時間の方が長い。店が定休日の火曜、祖父は市のコミュニティセンターへいそいそと出掛けて、集は一人きり家の中でまた携帯電話を弄《いじ》っていたが、気づいたら床に転がって眠ってしまっていたらしい。

起きたのは、仰向《あおむ》けになった額を何かに引っぱたかれたからだ。

「痛《い》って……何……」

驚いて目を開けると、そばで、佑弥が集を見下ろしていた。集はさらに驚く。

「何、じゃないだろ。雨降ってるのに、どうして洗濯物干しっぱなしなんだよ」

言われて起き上がり、物干し場のある中庭に面した窓の外を見遣れば、寝入るまでは晴れていたはずなのに、ひどい土砂降りだった。物干し場に洗濯物はない。寝ていた集のそばに、少し湿った洗濯物が積まれていた。どうやら佑弥が取り込んでくれたらしい。まったく気づかなかった。

「……やっぱ、鍵開けといた方が便利じゃん」

洗濯物を見ながら呟いたら、今度は頭のてっぺんを掌《てのひら》ではたかれた。

「痛いって。佑弥、乱暴すぎじゃないのか」

大して痛くはなかったが、佑弥が自分に手を上げたことなんてこれまでなかったから、集は面喰らってしまう。

「バカなこと言うからだ。鍵は掛けろよ、不用心だって言ってるだろ。ここに今立ってるのが、泥棒とか、強姦魔だったらどうするんだ」

「いや、泥棒はともかく……強姦魔は関係ないだろ、うち、女いないし」

強姦魔という響きが何だかすごいなと思いつつ集が答えると、佑弥がなぜか気まずそうな顔になって、わざとらしい咳払《せきばら》いをしている。

「とにかく家にいる時も鍵掛けろ、じいちゃん出掛けてるんだろ。一人で、危ないじゃないか」

また言い争いになるのが嫌で、集は適当に頷きだけ返した。疑わしそうに自分を見下ろしている佑弥を見上げつつ、集は少し首を傾げた。

「っていうか、佑弥、何でこんな時間にここにいるんだ？」

雨が降っているせいで外は暗いが、時計を見ればまだ夕方の四時だ。店は休みだが、平日だから、佑弥は会社ではないのだろうか。

「外で研修があったんだよ。また会社に行くけど、その前に必要な書類を取りに家に戻ってきたところ。そうしたら、雨降ってるのに洗濯物干しっぱなしだし」

「そっか……ありがとう」

面倒だからと、ついつい洗濯物を溜めてしまって、今日は結構な量を一気に干していた。もう一度洗い直すのはさらに面倒だから、ありがたい気持ちで集が礼を言うと、佑弥が何かぐっと喉《のど》を詰まらせるような様子になる。

何だ？　と思ってまた首を捻ると、思い切り睨《にら》まれた。

「おまえ、また靴下片っぽしか履《は》いてないな」

佑弥に足を指差されて見下ろすと、たしかに靴下の右側がどこかに消えていた。

「え？　あ、どっかで脱げたかな」

「脱げたんじゃなくて、脱いだんだろ。おまえすぐそうやって脱ぎ散らかすから、靴下がセットじゃなくなるんだ、片っぽずつしかない靴下がみっつもあったぞ」

またお説教が始まってしまった。

靴下を無意識に脱ぎ散らかすのは集の癖で、以前はもっと窘《たしな》めるような調子ではあったが、佑弥にはたびたび同じことを注意されていた。

叱られているのに、ちょっと嬉しくて、佑弥は笑ってしまわないよう気をつけた。ここで笑ったら、さらに怒らせそうな気がする。

「靴下の感触が嫌いだって言ってるだろ、前から」

「おまえすぐ風邪ひくんだから、履かないと駄目だろ。そもそも六月だからってこんなところで転《うた》た寝をするな、寝るならベッドに行くか、せめて毛布か何かかぶれよ」

集、靴下ちゃんと履かないと駄目だよ。集はすぐ風邪ひくんだから、転た寝なんかしないで、ちゃんと布団行こう。

昔と口調は違うが、佑弥の言うことはまるで変わっていなかった。

それがやはり嬉しくて、集は結局こらえきれず、ふっと息を吐き出すように笑いを零《こぼ》してしまう。

途端、佑弥が我に返ったように、口を噤《つぐ》んだ。

「わかった。次はちゃんとする」

「……会社、行ってくる」

素直に頷いたつもりなのに、佑弥は妙に低い声になって、絞《しぼ》り出《だ》すような声でそう告げてきた。

結局気を悪くしてしまったのだろうかと、うまくできない自分の態度を残念に思ったり、相手の態度に寂しくなったりしつつ、佑弥はまた頷く。

「いってらっしゃい」

佑弥は仁敷家《にしき》を出ていった。集は玄関先まで佑弥を見送ったが、振り返ったりはしてくれず、さっさとドアを閉められてしまった。

また気まずくはなったものの、佑弥が世話焼きなのは変わらないようだと、集はまた口許《くちもと》を綻《ほころ》ばせた。寛子《ひろこ》の血を継いでいるせいか、佑弥は元々面倒見がいい。そのうえ心配性なので、そばにいる集が何か困っていれば助けてくれるし、危ないことをすれば窘めてくれる。

東京から帰ってきてから冷たくなったから、もうそういう関係もなくなるだろうと思っていたのに、佑弥は最終的に集に甘い。

(……変わらずにいられるのかな)

諦めていたはずなのに、やっぱりどうしても、期待してしまう。

いつかまた出ていってしまうとしたって、今だけでも、昔どおりにいられるのではと。

集が居間に戻った頃、また玄関が開いて、祖父の声がした。祖父がすぐ居間に顔を出す。

「ただいま」

「あいつ、どうした」

「おかえり。あいつって?」

「佑弥。ウチの玄関先で頭抱えてしゃがみ込んでたぞ」

集は首を傾げた。佑弥は集の見送りにも応えず出ていってしまったから、そのまますぐ駅に向かったと思っていたのだが。

「じいちゃんが声かける前に、急に立ち上がって、だーっと駅の方に走っていったけども」

「何だろ……仕事で悩みでもあるのかな……」

これから会社に行くと言っていたし、新しく配属になったところで、仕事は大変なのかもしれない。集は未《いま》だに佑弥がどんな仕事をしているのか具体的に知らない。営業のようなことをやっているとは聞いたから、何かと苦労もあるのだろう。

祖父は「まあいいや」と、手にしていた袋を集の方に差し出した。

「日の出さんとこでコロッケパンもらってきたから、あとで田橋んち持ってってやれ。たくさんあるし、佑弥これ、好きだったろ」

「うん」

先日寝坊したせいで叱られた日の出製菓に、祖父は顔を出してきたらしい。そうやってきちんと人付き合いをしているところを、集もいい加減見習わなくてはならないのかもしれない。

夕食も、祖父が食料を買い込んできたので、田橋家には行かずに家で二人ですませた。

祖父は疲れたからと早々に床《とこ》に就《つ》き、集は風呂をすませたものの昼間居眠りをしてしまったせいか眠くならず、そういえばと思い出して、祖父の買ってきたコロッケパンを手に田橋家に向かった。パンには今日中に食べるようにシールが貼ってある。夜十時だが、寛子たちが寝るにはまだ早いので、遠慮なくチャイムを鳴らした。

佑弥はまだいなかったので預けて帰ろうかと思ったが、寛子に「一緒に食べていったら」と引き留められ、お言葉に甘えることにした。佑弥の顔も見たかった。昼に見たばかりだが。

それで寛子と宏則《ひろのり》と一緒にテレビを眺めていると、少しして佑弥が帰ってきた。

「……う」

佑弥は集たちのいる居間のドアを開けると、「ただいま」の挨拶もなく、なぜか片手で頭を押さえている。

「何よあんた、帰るなり」

寛子が怪訝そうに、項垂《うなだ》れる息子を見遣った。

「な……何でもない、ただいま」

佑弥はそのまま居間を出ていこうとする。集は慌てて、コロッケパンの包みを取ってそれを追い掛けた。

「じいちゃんがこれ、佑弥に持って行けって」

廊下で捕まえ、スーツの背中を摑んで、こちらを向かせる。祖父が佑弥にと名指しで持って帰ってくれたのだ。

(じいちゃんも、佑弥の様子がおかしいの、わかってるんだろ)

祖父が孫とその幼馴染みがしっくりいっていないことに気づいて、佑弥の好物を持って帰ってくれたのなら、集は何としてもこれを相手に食べさせなくてはならない。

「佑弥、日の出さんのこれ、好きだったろ」

「う……ありがとう」

佑弥はやたら渋い顔をしつつ、集の手からコロッケパンの入った袋を受け取った。そのまままた二階にある自室に向かおうとするので、集はまた相手のスーツの、今度は袖《そで》あたりを摑む。

「何で。下で食べれば」

「持ち帰りの仕事があるんだよ」

佑弥に手を振り払われてしまった。

「やあね、忙しぶっちゃって」

ドアを開けたままの居間から、寛子の声がした。集と佑弥のやり取りが気懸かりだったのか、二人のところまでやってきている。

「パンの一個や二個くらいちゃんとテーブルで食べる暇もないなんて、あんた、仕事できないんじゃないの」

「母さんは黙っててくれ」

容赦《ようしゃ》ない母親の言葉に佑弥が言い返すが、寛子は鼻先で嗤《わら》っている。

「東京行ったからって生意気になってさあ。やあね、気取りんぼ、親の顔が見てみたいわあ!」

大袈裟《おおげさ》に囃《はや》し立《た》てるような寛子の言い方が可笑《おか》しくて、集は噴き出しかけたが、佑弥の方はそれで怒るわけでもなく、何か気懸かりそうな顔になって母親を振り返っている。

「やめろよそんな、親の顔とか……」

佑弥が諌《いさ》める調子になる理由が集にはよくわからなかったが、寛子の方はすぐに気づいたらしい。息子をからかうように少しおどけた表情をしていたのが、今度は呆れた顔になった。

「そこまでいちいち気にしてたらきりがないでしょ。私は麻美《あさみ》さんの顔くらい知ってるんだし」

麻美、というのは亡くなった集の母の名だ。それで集は、佑弥が何を気にしているのかやっとわかった。

「何だその理屈……」

佑弥は眉を顰《ひそ》めている。佑弥が慮《おもんぱか》っているのは集の心情だ。「親の顔が見てみたい」と、昔周りの大人から当てこすられたことが何度かあって、それを聞いていた佑弥がその都度怒っていたことを、集は思い出した。大抵は集の人見知りを、不貞腐《ふてくさ》れていると誤解した大人たちの嫌味だったが、子供に対してなかなかひどい皮肉ではあっただろう。

(でもそんなの、俺は気にしてなかったけど……)

最初から気にしなかったわけではない。佑弥がいちいち怒ってくれたから、平気になったのだ。大人たちも、黙り込む集に代わって佑弥が悔し涙を浮かべながら抗議すれば、さすがに罪悪感を覚えたような顔で口を噤《つぐ》むようになった。

「お母さん、そろそろまたマッサージお願いできるかな」

佑弥がさらに寛子に何か言おうとした時、居間から、今度は宏則が顔を出した。

「はいはい。じゃあね集、コロッケパン私たちの分もありがとうね、おやすみ」

寛子と宏則は連れ立って寝室へ向かっていった。

佑弥が、いそいそと宏則の背中を押して廊下を去っていく寛子を見て、溜息をついた。

「母さんはちょっと無神経なんだ」

弁解のような、言外に「気にするな」というような佑弥の言葉に、集は少し笑った。嬉しかったのだ。

「佑弥が考えすぎなんだよ。おばさんの言うとおりだって」

佑弥は集の返答にむっとしたように振り返ったが、集が笑っているのを見て、微《かす》かに目を瞠《みは》った。

集は改めて佑弥を見上げて、笑いかける。

「でも、ありがとうな。……本当にいいんだ。そりゃ他の場面で他の人に言われたら、多少は嫌な思いするかもしれないけど、おばさんが言ったって何とも思わないよ」

「……なら、いいけど」

「実際言われて嫌だったこともあるけど。そういう時はやっぱり佑弥が怒ってくれたし、だから別に平気だ」

「……」

「な、やっぱりここで喰えよ。五分十分だろ。俺一人で食べるのつまんないよ」

一度手渡したコロッケパンの袋を、集は佑弥の手から取り上げる。

渋々という感じで、佑弥が頷いた。笑って居間に帰る途中、集はうしろをついてくる佑弥を振り返った。

「あ、ついでにコーヒー淹《い》れてくれ」

「……ついで？　五分十分……？」

腑《ふ》に落ちないように首を傾げつつも、佑弥はコーヒーを淹れてくれた。

テーブルで向かい合ってコロッケパンとコーヒーを食べる間、大して会話は弾《はず》まなかったが、集はまた嬉しかった。

◇◇◇

佑弥は結局優しい。

（やっぱり、俺に優しい）

コロッケパンを食べて、そう長居はせず自宅に戻ってから、ベッドに転がり、集はさっきの佑弥の様子を思い返す。

さっきだけではなく、居眠りしていた集の代わりに洗濯物を取り込んでくれたり、靴下を履けと叱りつけてくる相手の姿を。

（でも何で、言ってることは同じなのに、あんな突慳貪《つっけんどん》なんだろう）

そこが、よくわからない。優しくしてくれるのなら、以前と同じ態度でもいいだろうに、なぜわざわざ集に対して冷たい態度を取ろうとするのか。

(あれじゃ俺のこと嫌ってるみたいだ)

そう考えてから、集は自分が『佑弥に嫌われた』という可能性に今までまったく思い至っていなかったことに気づいた。

東京で楽しいことがあって、他の人と仲よくなって、優先順位が下がってしまっても、興味を失くされてしまっても、佑弥が自分を嫌うような事態が起こるなんて、あり得ない。

(……本当は嫌いになって、でも元々が優しいから冷たくしきれない……?)

だが、佑弥が人を嫌うところが想像できない。集を悪く言う人に対して「ああいう人は嫌いだ」とはっきり口に出すことはあったが、佑弥が自分から誰かを嫌うことはない、と言うべきか。人間なんだし苦手なタイプくらいいるだろうが、相手が普通に接してくるなら、佑弥は必要以上に攻撃的な態度など絶対に取らない。

なのになぜ、集に向けては、冷たいのか。

(俺のこと嫌いじゃないくせに、何で……)

目を閉じて、考える。

——実を言えば、さっきから浮かんでいる予測があるが、そこに辿《たど》り着《つ》いてはいけない気がして、どうにか別の予測を立てようとする。

が、うまくいかない。

(もしかして)

どうしても、他に思い当たらなかった。

(本気……だったのかな)

本当は『さっきから』ではなく、ずっと前、それを言われた時からわかっていて、でもわかってはいけないと、自分の中で答えを誤魔化《ごまか》し続けていたこと。

(佑弥が俺を好きって言ったの、本気だったのか?)

二年前に告白されたこと。

集が無理矢理、冗談にしてしまったこと。

(俺が馬鹿な冗談言うなって言ったから、佑弥も冗談だって認めて……でもあれが、もし本気だったなら)

でも、とか、もし、とかつける必要はないのだろうか。

本当は、あの時から気づいていた。

(佑弥が本気だって、わかってた)

わからないはずがない。佑弥が軽々しくそんな『冗談』を言うはずがないと、集が誰より知っていたのだ。あんなふうに真剣に告白されて、わからない方がどうかしている。

その上、いくら余所《よそ》の土地に出ていってしまったといっても、佑弥が集に電話のひとつも寄越さないなんて不自然すぎた。集自身は佑弥と離れて暮らす覚悟を昔から決めていたが、相手の方までそうだなんて、佑弥の態度を見ていればあり得なかったのに。

でも集はそのことから必死に目を逸《そ》らし、佑弥の告白が本気だったなんて、わかろうとしなかった。

わかってては――本当のことにしてはいけないと思って。

(だって、こんな狭い、みんなが佑弥の顔知ってるような土地だぞ。頭が固くて古い年寄りだって多いのに、男が男と付き合うとか……そんなの、悪く言われることしか考えられない)

集自身のことは、もういいのだ。

でも佑弥は、誰からも好かれる優しい人で、なのにそんな人が道を外れることは、やっぱり駄目だと、あの時思ったのだ。

佑弥を守るためには、佑弥を拒《こば》むことしか思いつかなかったのだ。

(でも佑弥にしてみれば、俺がまともに取り合わずに、酷《ひど》いこと言って拒んだってだけの結果だろうし……だったら、気まずくて俺を避けるのだって、当然なのか)

佑弥が変わってしまったのは自分のせいじゃないかと、その原因に、集はやっと思い至った。

集がひどいことを言ったせいで、気持ちをなかったことにしてしまったせいで、集を諦めて、自棄糞《やけくそ》になってしまったのだろうか。

(もし俺のせいなら……俺が、俺の手で、元の佑弥に戻さなくちゃ駄目なんじゃないのか)

自分のことなら諦めが付くが、佑弥のことはどうしても諦めがつかない。何を引き換えにしても、佑弥にはまっとうに生きて、幸せになってほしい。

（俺が、佑弥を守ってやらないと駄目なんだ）

こうなると、佑弥が二年で一旦東京から地元に戻ってきてくれてよかったと思う。まだ佑弥の優しいところは変わっていない。今ならきっとまだ間に合う。

（なるべく佑弥のこと見張って……見守って、変なことするようなら、絶対止める）

集は一人、そんな決意を固めた。

5

佑弥《ゆうや》を正しい道に導かなくてはと決意した次の土曜日、店を開ける前に朝から集《あつむ》が田橋《たばし》家に居座っていると、会社は休みだとゆうべ言っていたはずなのに、佑弥が出掛ける支度をしている。

しかも、最初に町でみかけた時のようなチャラチャラした格好で、髪も無造作なイケメン風味にセットしている。

「……どこ行くんだよ?」

勿論、集はそう問い詰めた。

「倉田《くらた》さんとデート」

コーヒーを淹《い》れつつ、佑弥はしれっとそんなことを答えた。

「あら、倉田さんって、お茶屋さんの?」

傍《そば》で聞いていた寛子《ひろこ》が口を挟んだ。

「こないだ八島《やしま》洋品店の恵子《けいこ》ちゃんとも出掛けてたでしょ、美容院で言われたわよ」

寛子の言葉に、集はぎょっとする。すでに別の女の子と、しかも噂になるような形でデートしていたなんて。

「田橋さんちの佑弥君、東京ですっかりイケメンになって、役者さんみたいねえなんて言われちゃったわ、やあねえ」

やあねえ、と言いつつ寛子は明らかに浮かれている。何て呑気《のんき》なんだ、と集は焦《あせ》った。寛子は根が善人だから、悪意を持って噂を立てるような人のことなど、わからないのだろう。つい先日別の子と、今日は舞彩《まい》とデートなどということをすれば、尻軽の節操《せっそう》なしだと、後ろ指さされるかもしれないのに。

佑弥はコーヒーだけ飲んで、もう家を出ようとしている。集は慌てて玄関先までそれを追っていった。靴を履《は》く佑弥のボディバッグを後ろから摑《つか》んで引っ張る。

「うわっ、何だよ？」

「行くなよ。行ったら駄目だ」

驚いて振り返る佑弥を、集は必死の思いで見上げた。

佑弥が少し眉を顰《ひそ》めて集を見返してくる。

「それはおまえが決めることじゃない。関係ないだろ」

佑弥の声音は冷たい。態度も素《そ》っ気《け》ない。

関係ないから口を挟むなと言われようが、集はもう決意を固めているので、引っ込めない。

「だって俺が嫌だし」

「えっ⁉」

冷然と集を見下ろしていた佑弥が、再び驚いたように目を見開く。

「嫌だからな」

もっと他に説得の仕方があるような気もしたが、語彙《ごい》の少ない集には、他にどう言っていいのかわからない。

「い、嫌って、言われても」

「こないだの女は、どうしたんだよ。あっちでもこっちでも二股とか、すごい、みっともない。格好悪い」

「……」

どうにか畳《たた》みかけるように言うと、見開かれていた佑弥の目が、すっと細まる。

「俺が格好悪かろうが、おまえには関係ないだろ。いってきます」

佑弥はボディバッグから集の手を外させ、あとはもう集を顧《かえり》みることなく、家を出ていってしまった。

「……いってらっしゃい」

結局集には、佑弥を止めることができなかった。決意だけはたしかなのに、どう言えば相手を引き留められるのかがわからなかった。余計頑《かたく》なにさせてしまっただけだ。

自分の無力さに落ち込みながら、とぼとぼと、店に向かう。

だが昼休憩で、祖父に店を任せ、昼食を買いに行こうと外に出たところで、帰宅する佑弥と遭遇した。

「あれ、もう帰ってきたのか？」

出掛けてから、二時間と少しだ。

佑弥はひどい仏頂面《ぶっちょうづら》をしていた。

「振られた」

「えっ」

予想外の台詞《セリフ》に、集は驚いて声を上げてしまう。

「振られたって、倉田に？」

仏頂面のまま、佑弥が頷く。

「うわの空で話してたら、『つまらない』とか『思ったのと違う』とか言われて、帰られた」

「……」

集は咄嗟《とっさ》に、舞彩に対して「あいつ何て失礼なことを」と憤《いきどお》りかけたが、いやその方がよかったんじゃないかと、思い直す。

佑弥が女を取っ替え引っ替えするような姿を見るのは嫌だが、しかし、振られる姿というのも、微妙なものだ。

（佑弥の何が不満なんだ）

舞彩とのデートを引き留めた手前、そう言うのも妙な気がして、集は何とか踏み止《とど》まった。

でもまあ、落ち込んでいるようだし、慰《なぐさ》めてやった方がいいのかもしれない。

「東京じゃモテモテで合コン荒らしの遊び人だったくせに、全然だな」

慰めるつもりだったはずなのに、口を開いたら、そんな嫌味が飛びだしたので、集は我ながら驚いた。

佑弥がますます不機嫌な顔になる。小声で何か呟いた。

「誰のせいだと思ってるんだよ」

——そう聞こえた気がするが、問い返す前に、佑弥は自宅の方へ去っていってしまった。

（誰のせい……俺のせい？）

自分が、出がけに佑弥を引き留めたせいだと言いたかったのか。

だったら止めてみた甲斐《かい》はあったのかもしれない。全然届かなかったわけではなかったのだ。

（俺の頼みを、佑弥はまだ聞いてくれる）

集は俄然《がぜん》、やる気になった。

◇◇◇

「集、最近、楽しそうだな」

佑弥と舞彩のデートが失敗してから数日後、店番の最中に、祖父にそんなことを言われた。

「やっぱり、佑弥が戻ってきたからかな」

「ん……どうかな。そうかも」

楽しそう、と言われるほど明るい心地でいるわけでもないのだが、たしかにここのところ、集は元気だ。

何しろ使命ができた。佑弥をまっとうな道に戻すという、大事な役割だ。

佑弥は基本土日が休みだが、割合頻繁にそこに仕事が入ることがあるらしく、そういう場合は流動的に平日が休みになるらしい。と、寛子から聞いた。

今日も平日だが、佑弥は休みで家にいる。

そろそろかな、と腕時計を集が見たのとほぼ同時に、店先から佑弥が姿を見せた。

「おう、佑弥。どうした」

「どうしたも何も……」

普段着の、デートの時よりはもう少し気の抜けた格好をしている佑弥が、祖父に問われて眉を顰《ひそ》めながら集を見遣った。

「集が大事な用があるとか、母さんに聞いたから」

直接声をかけても断られるかもしれないが、寛子を通せば、頼みを無下《むげ》にできないという計算だ。俺もなかなか悪くなったなと、本当に現れた佑弥を見ながら、集は密《ひそ》かに満足していた。

「佑弥に頼みたいことがあったんだ。じいちゃん、ちょっと店、いいかな」

「ああ、いい、いい。どうせ客なんて来ねえ」

店を離れることに断りを入れると、祖父はすぐ頷いた。その反応を少し寂しく思いつつ、集は佑弥を手招いて、居住スペースの方に行った。二階の自室に向かう。階段を上りながらそっと振り返ると、佑弥はちゃんとついてきてくれているので、よしよしと、ひそかに頷く。

「……で、何」

部屋に入り、相変わらず突慳貪《つっけんどん》に言う佑弥に、書き物机の上に置いてある箱を示した。

「これ、使えるようにしてほしいんだけど」

「これ……って、ノートパソコン？」

ずいぶん前に、祖父が商店街のくじ引きで当てたものだ。祖父も集も機械にまるで詳しくなかったし、必要も感じなかったので、パッケージすら開けていない。

「佑弥、パソコンできるだろ。ネットに繋《つな》げるようにしてほしいんだ」

「何すんだよ。これもらった時、使えるようにしてやろうかって言ったのに、おまえがいらないって言ったんだろ」

「や……じいちゃんには内緒にしてほしいんだけど」

佑弥に頼んだことは、別に『自分の面倒を見させて、他の人に時間を取らせないようにする』という作戦のためだけではない。実際、必要だと思うことがあったのだ。

「うちの店さ。客、全然来ないだろ。何とかする方法ないかなって、携帯でネット見たりしてたんだけど、なかなか調べきれなくて。パソコンの方が簡単かなって」

そもそも普段携帯電話ですらインターネットを見ないし、メールをする相手もいないものだから、未《いま》だに慣れなかった。画面が小さすぎて苛々《いらいら》するので、パソコンの方が便利であるという結論に達したのだ。

「あと、調べたのを印刷する用に、プリンターも欲しいんだ。でもあんまり金余裕ないし、安いのとか、佑弥知ってたら一緒に買いに行ってほしいんだけど」

集がまじめな面持《おもも》ちで頼むと、佑弥は少し困惑した様子にもなっていたが、割合すぐに諦めたように頷いた。

「いいけど……何でじいちゃんに内緒なんだよ。店のこと考えてるって知ったら、じいちゃん喜ぶだけだろ」

「……ん……」

そこは、集にはうまく説明できる自信がなかった。祖父が店のことは諦めるふりで、本当は未練があるだろうとか。でもなすすべなく、さっきも「どうせ客なんて来ねえ」と言いながら、寂しそうな顔をしていたりとか。

集がただ「店を何とかしたい」と口ばかりで言ったところで、期待させるだけでは意味がない。具体的に成功するプランのひとつも形にできなくては、余計に辛《つら》い気持ちにさせそうなのが、嫌だった。

（俺がうまくできる保証なんてないし……）

佑弥は集の返事を待つように、じっと視線を向けてきている。

集が答えられなかったのは、少し、見栄もあったかもしれない。佑弥は希望した会社に就職できている。将来がある。この先また町を出ていく可能性がある。そういう人に、悪あがきをしている姿を、あまり見られたくなかった。

「あとで、驚かしてやろうと思ってさ。最近じいちゃん元気ないし」

だからただ、それだけ答える。やろうとしていることに嘘はついていない。

「……まあ、いいけど」

佑弥は先刻と同じように頷いた。

「っていうか、ネットに繋ぎたいって、ここんち回線契約してないだろ」

「電話は繋がるぞ」

「いつの時代の話してんだよ。光とか、ケーブルとか、たまに加入しませんかってチラシ入ってるだろ」

「携帯電話で繋げるんだろ？」

「携帯で足りないって言ってる奴がパソコンに繋いで足りるかよ。そもそもおまえの携帯、テザリングできる契約なのか？」

「デザ……って何？」

「テザリング。前に俺が一緒に契約行った時のままか？」

「うん。よくわかんないし、そのまま」

「……待て、そしたらおまえ、支払いすごいことにならないか!?　ネット全然見ないって、定額の契約はしてなかっただろ!?」

佑弥が青い顔になる。よくわからないまま、促《うなが》されて、集は自分の携帯電話を佑弥に手渡した。何やらキーを弄《いじ》っている。

「パスワードは？」

「何の？　よくわかんないけど、変えてないから、佑弥の誕生日のまま」

「……。……あ、よかった、設定量超えたら自動で定額制になるコースだった……過去の俺偉い……」

集にはよくわからないが、佑弥は自画自賛している。携帯電話を買う時も、機種変更の時も、わけがわからないので常に佑弥についてきてもらって、全部任せていたのだ。

「でもこの機種と契約じゃパソコンには繋げないから、機種変するか、でなけりゃ家に回線引け。工事料かかるけど、キャンペーンとかやってれば安くなることもあるし。携帯と同じ会社の回線にしたら、割引もあるから。——ほら、ここに、あとで電話しろ」

佑弥は手早く自分の携帯電話を弄って、インターネットの回線を提供する会社のページを見せてくれた。言われるまま集はそれをメモする。

「ここに電話したら、ネットが繋がるようになるのか？」

「モデムは貸してもらえるけど、無線にしたいならルーターは自分で買った方が安いな」

集が曖昧《あいまい》に笑ってみせると、佑弥が項垂《うなだ》れた。

「わかった、俺が見繕《みつくろ》ってやるから。ネットで買った方が安いし、適当に買っておいてやる」

「できれば高橋《たかはし》電気で買いたい」

地元の店を助けたいという気持ちが半分、佑弥と一緒に出かけたいという気持ちが半分だ。佑弥は前者の方で理解したらしく、仕方なさそうに頷いている。

「もういい、電話も俺がしてやる。どうせどの回線にするかとか、どのプロバイダにするかとか、おまえわからないだろ」

「うん」

力強く頷いた集に、佑弥が渋い顔をしつつも、本当にその場でどこかに電話をして、集は言われるまま工事日を決めたり、料金の支払い方を決めたりした。

その後、また祖父に断って佑弥と一緒に電気屋に出かけた。

「ありがとうな、佑弥」

佑弥はてきぱきしていて、集に必要なものを、店頭にある中からすぐに選んで、買い物には大して時間がかからなかった。集は軽いルーターを持ち、佑弥はあたりまえのように重たいプリンターを抱《かか》えてくれている。

「あれ、田橋？」

帰り道の途中、誰かが佑弥に声をかけてきた。見遣ると、若い女性の二人連れが嬉しそうに佑弥の方に駆け寄っている。

「おう、久しぶり」

佑弥は集に向けていた無愛想さが嘘のように、立ち止まって、にこやかな笑顔を彼女らに向けた。集も仕方なく佑弥に倣《なら》って歩みを止める。

「本当に帰ってたんだ、こないだ杏那《あんな》から聞いたけど、マジで格好良くなっちゃって、どうしたの？」

「ね、今度みんなで集まろうって言ってるんだけど、田橋も来るよね？」

話しぶりからして、中高時代の同級生辺りらしい。そういえば集も彼女らを校内で見たことがある気はする。

（慣れ慣れしいな）

佑弥にこんなふうに話しかける女子は、集が知っている限りいなかった。佑弥はどちらかというと大人しい生徒だったから、声をかける方も、自然と落ち着いた感じになるはずなのに。

佑弥の見た目が派手になったせいだ。そう思うと、集は面白くない。

「あ、ニシキの子じゃん。田橋と幼馴染みとかだっけ？」

彼女たちは、今さら集に気づいたように声をかけてくる。集は軽い会釈《えしゃく》だけを返した。本当は無視してしまいたかったが、それではあまりに大人げないだろう。

「田橋、連絡先教えてよ」

携帯電話同士の通信で連絡先を交換しようと、女二人がはしゃいでいる。だが佑弥は両手でプリンターの箱を抱えているから、携帯電話がポケットから取り出せない。

「──佑弥、重い」

集の方は小型ルーターとせいぜいケーブル類くらいしか持っていなかったが、疲れた素振りでそっと声をかけてみる。

「悪い、今手が塞《ふさ》がってるから、また今度」

佑弥がそう断ってくれたので、集は内心ほっとする。彼女たちは残念そうな顔になった。

「あ、連絡先は八島に聞いていいから」

が、続いた佑弥の言葉に、彼女たちが歓声を上げ、集は落胆する羽目になる。

「やった、じゃあ連絡するね」

「おう、またな」

佑弥が愛想よく笑うと、女二人は何か手を握り合って悲鳴染みた声を上げている。

「……軽い」

再び道を歩き出しながら、集は小声で佑弥に悪態《あくたい》を吐《つ》いた。あんなふうに軽薄な調子で女と話す佑弥なんて、見たくなかった。

佑弥は集の声が聞こえなかったのか、聞こえないふりをしているのか、何も言わない。

（駄目だ、あんな調子で向こうから寄ってくるんじゃ……俺が四六時中佑弥にひっついてられるわけじゃないんだから）

出掛けたのは失敗だっただろうか。だが佑弥は会社勤めをしているのだから、家に閉じこもっているよう強《し》いるわけにもいかない。

（何か、もっとこう……他の女にかまける余裕がないくらい、俺に手をかけさせないと、駄目だ）

◇◇◇

それからも集は、できる限り佑弥が自分を放っておけないように、あれこれと、我ながら涙ぐましい努力で画策した。

玄関の鍵は絶対にかけないでおいたし、朝晩佑弥と会う時には初夏とはいえ薄着を心懸け裸足にサンダルなんて履《は》いてみたり、佑弥の帰りが遅い時には田橋家の居間で居眠りしてみたり。

その都度佑弥には口うるさく注意された。思ったとおり、佑弥はどうしても集のことを放っておけないらしい。

（もしかしたら、佑弥は俺に振られて俺のこと諦めたわけじゃなくて、まだ二年前までみたいに好きでいてくれてる……のか？）

　ということについて考えていたら、雨予報の出ている佑弥が休みの日、昼休憩にかまけてTシャツの裾《すそ》を捲《めく》りつつ仰向《あおむ》けに寝たふりをしているうち、本当に寝入ってしまった。

　眠ってしまったことに気づいたのは、頭の辺りに違和感を覚えたせいだ。

　何か、ふわふわ、さらさらと、優しい感触がある。

（何だ……？）

　まだ半分寝ぼけていたので、集は無理に瞼《まぶた》は開かず、その感触を追った。頭を撫《な》でられている気がする。誰かの手。指先で髪を掻《か》き分《わ》けられ、掌《てのひら》で撫でられているような。

「……ん……」

　誰だろう、と思って問おうとしたが、口を開けて寝ていたのか喉《のど》が渇《かわ》いて声が出ない。掠《かす》れた声がやっと零《こぼ》れただけだが、そのあえかな音が漏れた途端、集の髪に触れる誰かの手は、何か熱いものにでも触れたような動きでパッと離れてしまった。

　それが不満で瞼を開けようとした時、ばさりと顔に湿った布を掛けられて、半分寝ぼけたままだったが急激に目が覚めた。

　慌ててその布――外に干しておいたバスタオルだ――を退《ど》かして起き上がると、怖い顔でこちらを見下ろす仁王立ちの佑弥と目が合った。

「……。おまえさ……」

佑弥は集に何か言いかけるが、途中で口を噤《つぐ》み、小さく首を振った。

「何でもない。腹出して寝るな、下すぞ」

そしていつもどおりお小言を置いて、そのまま居間を出ていった。

「あと玄関鍵かけろって言ってんだろ！　変な奴が入ってきたらどうするんだよ！」

玄関の方から声がする。

「佑弥しか入ってこないんだから、いいよ」

佑弥に届くかどうかわからないような小声で呟きながら、集は自分の頭に自分の手で触れてみた。

なるべくそっと触れたのに、先刻の感触とは違う。

さっきはもっと優しい、慈《いつく》しむような触れ方だった。

（……やっぱり佑弥は、俺のことまだ好きなのか？）

居眠りする前に考えていた推測を、集は改めて確信の方に寄せた。

でなければ、あんなふうに触れてくれるわけがない。

まだ少しだけでも、昔のような好意が残っているようにしか、集には思えない。

（俺がもし、佑弥の気持ちに応《こた》えたら、佑弥は前みたいに戻ってくれるのかな）

集が一番で、他の女になんて目もくれないで、誘われても「集と約束があるから」とすぐに断ってくれるような。

誰より集を優先して、いつでも集と一緒にいるような、そんな佑弥に戻ってくれるだろうか。

(でも、そうしたら、佑弥は結局周りに変な目で見られる……)

二年前に佑弥を拒《こば》んだ理由は、今相手を受け入れようとしても、同じように集にとって障害になる。

(でも、放っておいたら佑弥は倉田《くらた》とかこないだの同級生っぽいのとか、地元のいろんな女と付き合い始めるかもしれない)

想像したら、喉《のど》がぎゅっと絞《し》まるような息苦しさを感じて、集は無意識でその辺りを掌で押さえた。

「……」

うまく考えがまとまらない。自分がどうするべきか、何が佑弥のためになるのか、ちゃんと考えたいのに胸が苦しくて、それればかりに気を取られてしまう。

(……とにかく、佑弥が、元どおりになればいいんだ)

深く考えることを放棄して、集は一直線にその結論に至った。

(もう一回佑弥に好きになってもらって、前みたいに、一緒に……他の女が入る余地なんかないくらいずっとそばにいてもらうようにすれば、いいだけだ)

自分でも、何かを誤魔化《ごまか》しているような気がしていた。

だがそこに触れるのが嫌で、怖くて、集は無理矢理そう結論づけた。

◇◇◇

今日も朝、出勤する佑弥と顔を合わせた。

勿論偶然ではなく、集がそれを待ち構えて、田橋家のある方をちらちらと見遣りながら、店先を箒《ほうき》で掃いていたのだが。

「あ、佑弥。おはよう」

フレックスだという佑弥の出勤時間はまちまちで、見逃さないよう必死だが、集はそれを悟《さと》られないよう自然さを装《よそお》って、現れた佑弥に挨拶《あいさつ》をする。

「……おはよう」

最近の佑弥は、突慳貪《つっけんどん》というより、ごくわずかに困ったような顔をしている――ように見える。

それがいいことなのか、悪いことなのか、本当のところ集には判別がつかなかった。

ただ自分でこうしようと決めたことを、そのとおり実践《じっせん》するだけだ。

「ちょっと待って」

挨拶だけして、駅に向け歩いていく佑弥を、集は箒を投げ出し追い掛けた。うしろから片腕を摑む。佑弥が驚いたように振り返った。

「ゴミ、ついてる」

ちょっとした糸くずがついているだけだったが、それがなくても、集は同じことをしただろう。ことさら佑弥の方に近づいて、ほとんど腕に抱きつくようにしながら、背中をぽんぽんと叩く。

「――取れた。駄目だろ、せっかく身だしなみ頑張ってるのに」

間近で見上げてみるが、すぐに顔を逸《そ》らされてしまった。だが逸らされたことで、自分がゴミを取ってやる間、佑弥が自分をじっと見下ろしていたことがわかった。

「……いってきます」

佑弥はまた不機嫌な顔だ。

「いってらっしゃい」

急いでいるのか、腕時計を見ながら足早に歩き去る佑弥の背中を、集は見送る。

(こんなもんじゃ、駄目なのかな……)

一応雑誌で「男心を摑むには」のような記事を読み、参考にしてみたのだが。

とにかく接触、目を見ること。触れれば触れるほど男は落ちる……と書いてあったので、とりあえず実践してみたのだが、これは一体男同士でも成り立つノウハウなのだろうかと、その辺りはいまいちわからない。

男同士だろうが男女だろうが、集にはあまりに経験が少なかった。少ない、というより皆無だ。好きな子はいなかったし、そもそも好きというのがどんな感じなのか知らない。付き合った相手もいない。告白したことがないのは当然、されたこともない。

何というか、自分がそういった『恋愛沙汰』とカテゴリ分けされるような状況に入り込むこと自体、ぴんと来ないのだ。

だから佑弥に告白された時も、かなり混乱した。佑弥が自分を、というより、佑弥が恋愛感情を、しかも仁敷《にしき》集という男相手に持つなんて、と、どこか他人事《ひとごと》のように感じていたのかもしれない。

（でももし佑弥がまた元どおりになってくれるなら、他の奴と変な付き合いしないでくれるなら、俺は佑弥をちゃんと受け入れる）

また決心しながら、でも、受け入れるってどういうことだろうかと、少し不安になった。

（俺も佑弥と、デートしたり？　デートって、一緒に飯食ったり、映画観たり、買い物したり……もうやってたよな。昔もやってたし、今もやってるし）

そこは問題ない。あとは、

（キス……とかしたり、何か、それ以上のことも）

頭で考えてみようとはするが、なかなか想像が及ばない。二十歳も過ぎた男がと我ながら思うが、佑弥と性的な話をしたことはないし、祖父しかいない家のどこかにその手の本が隠されているわけでもないし、テレビやせいぜい少年漫画雑誌で見る以上の知識が、集にはなかった。

（……まあ佑弥が、どうにかしてくれるだろう）

その辺りははるか先の問題で、今はとにかく、佑弥にもう一度告白してもらうことが目標だ。やる気には満ちているが、どこかあやふやで不安な心地のまま、集はその夜も佑弥が帰宅した頃を見計らって、田橋家に上がり込んだ。祖父も一緒に夕食に呼ばれたから、佑弥は集に対して露骨《ろこつ》に邪険《じゃけん》な態度は取らず、普通の顔をしている。

夕食を終えると寛子は後片付けに、宏則《ひろのり》と祖父は酒を飲み出して、佑弥はさっさと二階の自室に引っ込もうとした。集はすかさず佑弥の後を追って、その部屋についていく。

「……何」

努《つと》めてあたりまえの顔で佑弥の部屋に入り込んだ集を、集が最近見慣れてしまった仏頂面《ぶっちょうづら》で見遣ってくる。

「別に。邪魔か？」

「仕事するから」

佑弥は通勤用の鞄からノートパソコンを取り出し、床のローテーブルで開いている。その前に座る佑弥の隣に、集も腰を下ろした。

「――悪い、仕事のだから、あんまり見ないでくれ」

佑弥はパソコンを弄《いじ》りながら告げてくる。集は頷いて佑弥に背を向けた。

その代わり場所は動かず、佑弥の背に寄りかかるような格好で座る。

佑弥は別に何も言わなかった。何か思ってはいるかもしれないし、嫌な顔をしているかもしれないが、集には見えない。

「佑弥の仕事って、何？」

「……営業」

カタカタと、慣れた速さでキーボードを叩く音がした。

「何の？」

「いろいろ」

仕事の作業をしているせいか、佑弥の声音はうわの空に聞こえた。

「まあ、俺には、わかんないか。聞いても」

そう思って、これまでも詳しく訊ねずにきた。佑弥は名前を書けば受かると言われている高校の商業科にすらやっと受かった集と違って、普通科でいつも成績上位者に名を連ね、大学には推薦で入れたような賢い男だ。ぼんやりと家を継いで今さら何をすべきか決めかねて途方に暮れている自分が、そんな人の仕事について聞いたって、理解できっこない。

佑弥が何をやっているのかわからないのは寂しい気がしたが、こうやって身をすり寄せるようにしていると、安心する。キーボードを叩くために佑弥の体が少し揺れているのが妙に心地よく、遠慮なく凭《もた》れているうち、その動きが止まってしまった。

「佑弥？　仕事もう終わったのか？」

始めて五分と経《た》っていない気がする。

「いや……何か、集中できなくて……」

佑弥の声音は少し弱っているように聞こえた。

（まあ、邪魔だよな）

集が高校卒業するまでは、一緒に試験勉強をすることもあった。だが佑弥が大学生になった頃には、集は佑弥の勉強の邪魔をしないよう店の手伝いに励《はげ》んで、用もないのにこの部屋に居座るような真似はやめた。あの頃から少しずつ、佑弥と離れる準備をしていたのだと思う。

「仕事って、急いでやらないと駄目なのか？」

当時だったら、集中できないと佑弥が困っていれば、集はすぐ部屋を出ていっただろう。

でも今は、そうした方がいいと思う気持ちを無理矢理追い遣って、寄りかかっていた相手の体から身を起こし、またその隣に座った。

今度は横から相手の肩に頭を預けるように凭れる。

（気持ちいいな）

佑弥の気を惹くため、という本来の目的を忘れて、集はただ気持ちよくて、相手に寄りかかった。

しかしうまくバランスが取れず、頭が佑弥の肩からずり落ちそうになる。咄嗟に、という動きで佑弥が集の腕を支えてくれた。それが妙に嬉しくて、さらに遠慮もなく体重を掛けると、支えきれなかったのか集は結局体勢を崩し、佑弥の胸に凭れるような格好になった。

――いや、支えきれなかったわけではなく、ちゃんと肩を抱かれている。

気づけば集は佑弥に抱きかかえられるような格好になっていた。

(……気持ちいい)

佑弥の匂いがした。別に体臭があるわけでもないし、整髪料の匂いがきついわけでもない。

でも佑弥の匂いだった。小さい頃一緒の布団で眠った時の安心感と共に味わった匂いと温かさ。

それがとてつもなく愛《いと》しくなって、集は無意識に佑弥の首筋に頬をすり寄せようとした。

「……ッ」

だが、それを拒《こば》むように、抱き寄せた佑弥自身に突然体を押《お》し退《の》けられた。

強く後ろに押し遣られて、集は知らずに瞑《つむ》っていた瞼《まぶた》を開く。

「……佑弥?」

「おまえ、もしかして、わざとやってるのか?」

集に背を向けて、固い声で、佑弥が訊ねてきた。

「……」

わざとか、と聞かれて、そういえばわざとそうするつもりだったことを集は思い出した。

それから、「そうだ」と頷く場面ではないらしいことを、佑弥の様子と部屋に流れる空気で察する。どう答えていいのかわからなかった。

「どういうつもりだ。……からかってるのか？」

佑弥の声はたしかな怒りを孕《はら》んでいる。ただ不機嫌という以上の感情が伝わってきて、集は自分の指先が冷えていくのを感じた。怖い。

「違う」

言い訳をしなくちゃいけない。ちゃんと説明をするべきだ。

それがわかっていても、集は佑弥の押し殺した怒りに怯《ひる》んで、うまく言葉が出てこなかった。

「そういうんじゃなくて……」

「最近やたらべたべたしてくるから、何考えてんだって、不思議だったけど……そうか、わざとか」

違う、ともう一度言うことはできなかった。意図的にやっていたのはたしかだ。

「からかってるなら許せないし、今さら惜しくなったっていうなら勝手だ」

からかっているわけでは、決してない。真面目に考えて、必死になった結果だ。

――でも、『今さら惜しくなったのか』と問われれば、それも、集には否定できない。

（だって本当に、今さらだ）

二年前に拒んだことを、今さらやり直そうとしている。

それを正直に伝えていいのかわからず迷っていると、佑弥が項垂《うなだ》れ、片手で顔を覆《おお》った。深く溜息をついている。

「何のつもりなんだよ。おまえが何考えてるのか、俺にはわからないよ」

そう言われることが、それこそ今さら、集にはショックだった。佑弥が一番自分を理解してくれている。祖父にも見せたことのない泣き顔も、弱音も、我儘《わがまま》も、たくさん見せてきた。

佑弥が自分をわかってくれなかったら、この世に自分を理解してくれる人なんて、誰もいなくなってしまう。

「嫌だったんだ」

だからわかってほしくて、集は言葉を絞《しぼ》り出した。

「……何が」

「東京の女友達連れてきたりとか、倉田と出掛けたりとか、他の女と楽しそうにしたりとか」

佑弥が、のろのろと集を振り返った。

どこか真意を探るような目で集を見ている。

佑弥はちゃんと話を聞いてくれる。それに力を得て、集は押し退けられて崩れていた体勢を立て直し、佑弥を見返した。

「佑弥はそんなんじゃ、駄目だろ。彼女作るなとかは言わないけど、何人もいっぺんにとか、大して好きでもないのにデートとか。そういう軽々しいのは、佑弥らしくないだろ」

「……」

言葉を連ねる集を見る佑弥の目が、少しずつ、冷めたものになっていく。

そこに、わずかに見えた怒りすら消えていくのを感じて、集は無性に焦った。自分の言葉が上滑《うわすべ》りしている気がする。伝えたいことを伝えているつもりなのに、佑弥に届いていないことがわかって、指先が冷えていく感じがする。

「そういうの嫌なんだ。前みたいに戻ってほしい。昔みたいな、しっかりした佑弥に」

「……結局、それか」

ふと、佑弥が笑う。笑ってくれたと集が安堵できるような表情ではなかった。微《かす》かに口許《くちもと》を歪《ゆが》めて、笑うというより、嘲笑《あざわら》うような。

その笑いが自分に向けられているのか、別のものに向けられているのか、集にはわからなくてまた焦燥《しょうそう》する。

「それって……？」

「集が欲しいのは、結局、兄貴とか……父親みたいな俺だろ。正しくて、優しくて、間違わないで、自分を守ってくれる、自分を一番に考えてくれる、家族みたいなものだろ」

指摘されたことを否定できない。

集はたしかに、いつでも自分を守ってくれる佑弥が好きだった。兄みたいなものだと思っていたし、親みたいだと思うこともあった。優しくされることが嬉しかった。

「集は何も変わらないで、何もしないで、ただ守られてたいだけなんだろ」

それを望んで何がいけないのか、集にはわからない。

だがここで頷いたら終わってしまう。理屈ではなく佑弥と自分の間に流れる気配のようなもので感じ取り、集はただ身を固くした。

「……二年前ならそれでもいいって思ってたんだよ、俺は。そういうおまえのこと、守ってくつもりだった」

佑弥は集から目を逸らし、また背を向けてしまった。

「佑弥」

もう一度振り向いてほしくてただ名前を呼ぶが、佑弥は集の方を見てはくれなかった。

「こんなやり方しないでくれ。さすがに惨《みじ》めだ」

「惨めって、どうして」

振り向いてくれないなら、自分から相手を見るしかない。座ったまま佑弥の方に近づこうとした集を、相手の腕がまた押し遣るようにして拒んだ。

「悪い、帰ってくれ。今は集の顔見てたくない。……もうやめてくれ」

「……」

佑弥の声が静かだったことに、集は打ちのめされた。

いっそ怒鳴りつけてくれれば、勢いで何か言い返すこともできたかもしれない。だが佑弥はもう全身で集を拒んでいる。

それを押して伝える言葉を集は持っていなかった。何も思い浮かばない。

（そうか。手遅れだったんだ）

それだけは理解できた。

（もう遅すぎたんだ）

二年前と同じようになんて、都合のいい希望すぎた。

佑弥はもう、集の顔を見たくないくらい、うんざりしていたのに。

「……ごめん」

他に何を言っていいのかわからず、ただ謝罪の言葉を残して、集は立ち上がった。膝に力が入らなくて、よろけそうになるが、それを支えてくれる手はもうない。

未練がましくドアのところで振り返ってみても、佑弥はもう集の存在なんてなかったことにしているかのように、振り向く素振りもない。

集は項垂れながら佑弥の部屋を出て、まだ起きている田橋家の人たちや祖父に挨拶もなく、家に戻った。

自分の部屋に辿り着くまで堪《こら》えられたのは、我ながら奇蹟のような気がする。中に入ってドアを閉めた途端、集は我慢できずに小さく声を漏らした。

「……っ……」

衝動のように、涙が出てくる。

（全部俺が悪い）

ここのところ必死に佑弥に仕掛けていたことが、恥ずかしくて、恥ずかしくて、死にたくなった。

どうしてまだ佑弥が自分を好きだなんて思い上がれたのだろう。

（嫌だったんだ。頼られるのも）

守られて、優しくされることを、どこかで当然と思っていた。構われたくて腹を出して寝たふりをしたり。たかだかインターネット回線のひとつも自分で引けなかったり。思い出すだに馬鹿みたいで、恥ずかしくて、身が灼《や》けるようだった。

（馬鹿すぎる）

それで佑弥の気を惹けるなんて、どうして思えたのか。

子供で、愚《おろ》か過ぎた。佑弥が戻ってきてからこっち、相手にしてもらうことはあっても、何かしてやれることはひとつもなかった。それで平気な顔をしていた。

佑弥に愛想《あいそ》を尽かされて、見捨てられるのなんて当然だ。

そう思っても、辛くて、情けなくて、涙が止まらない。

（……佑弥にまともになって欲しいとか、嘘だったんだ）

佑弥にその願いを拒まれたことより、佑弥がもう自分を好きではないと思い知らされたことの方が辛い。

（俺はただ、佑弥に、自分にだけ優しくしてほしかったんだ）

東京の女だろうが、佑弥の同級生だろうが、舞彩だろうが、自分よりも佑弥に構われるのがただ気に喰わなかっただけだ。

（好きなのは、俺の方だったんだ）

佑弥にはっきり拒まれてそれに気づくなんて。

前みたいに戻ってほしいのは、佑弥のためじゃない。ただ自分が、前みたいに佑弥に構ってほしいだけだった。

（好きなのに、佑弥はもう俺が嫌いなんだ）

集は生まれて初めてと言っていいくらい、声を上げて泣いた。

辛いことや寂しいことには慣れっこのつもりだったし、我慢できずに泣いてしまっても、泣き喚《わめ》くことはしなかった。

声を殺して膝《ひざ》を抱えて泣いていれば、佑弥が気づいて、すぐに飛んできてくれたから。

（辛いことを我慢できたわけじゃない。佑弥がいたから、辛くなかったんだ）

でも今は、慰めてくれる人はそばにはいてくれなかった。

だから集は、声を上げて子供みたいに泣くしかなかった。

6

一人で泣きじゃくって、泣き疲れて、そのうち眠ってしまって、気づいた時には朝だった。

祖父は夜のうちに田橋《たばし》家から戻っていたようで、集《あつむ》が二階から下りてくると、驚いたように目を瞠《みは》っていた。

「何だ集、その顔。お化けみたいになってんぞ」

集は困って笑う。鏡を見たわけではないが、起きた時には瞼《まぶた》が腫《は》れ上《あ》がってうまく開かない状態だったから、自分の顔の惨状《さんじょう》は自覚している。

「具合、悪くて」

困った挙句にそう言い訳して、祖父はそれを信じたわけではなさそうだったが、「なら一日休んでろ」と言ってくれた。集は頷いて部屋に引っ込んだ。こんな顔では店に出られないし、付き合いのある業者のところにも顔を出せない。

ただの役立たずだ。

起きたばかりの寝床に潜《もぐ》り込み、集は頭から布団を被《かぶ》った。

具合が悪いというのは口から出任せだったが、実際吐き気のようなものが止まらなかった。情けなさも度が過ぎると気分が悪くなるらしい。

いい歳して、泣きすぎて仕事を休むなんて小学生以下だ。おまけに、泣き止《や》むことができずに夜通し啜《すす》り上げながら、どこかで佑弥《ゆうや》が来てくれることを願っている自分に気づいて、愕然《がくぜん》とした。

これでいつか佑弥がいなくなることを諦めていたとか、よくも勘違いできたものだ。

佑弥がいないと何もできないくせに。二年間、佑弥がいなくてもやっていけたのは、祖父や寛子《ひろこ》たちがいたからだ。佑弥がいなくても平気だったわけじゃない。家事も店の仕事も手伝い程度の感覚で、『祖父と店のために何かしなくちゃ』などと頭の上《うわ》っ面《つら》だけで考えて、大したこともできず、その場しのぎで二年間過ごしてしまった。

（……このまんまじゃ、駄目だ）

また泣きそうになる自分を必死で抑《おさ》えながら、集は強くそう思った。

客観的に見て、仁敷《にしき》集という人間には価値がない。人の好意だけで生きてるただの役立たずだ。

（佑弥が嫌になるのも当然だ）

佑弥に拒《こば》まれたことで、世界が終わったような気分になっている。今頃、自分がどれほど佑弥に頼り切っていたのかを理解した。あまりに遅すぎる。

でもこのまま布団を被って部屋に籠もっていていいわけではないことくらい、さすがにわかる。

（何か、とにかく……何とかしよう）

恥ずかしさのあまり死んでしまわないためにも。

これ以上情けないところを佑弥に——好きな人に、見られないためにも。

泣きすぎて痛む顔を枕に擦《こす》りつけながら、集は必死に考えようとした。

◇◇◇

考えても考えても、だがこれという答えは出てこなかった。

（仕事だけは、ちゃんとしよう）

何ひとつ成果は出ていないが、祖父のために店を立て直したいと思うのは本心だ。そこを投げやりになってしまっては本格的に自分という人間が終わってしまうと、集はようやく開通したインターネットとパソコンを使って、できることを探そうとした。

しかし、検索窓に入れる文字すらうまく思いつけない。

祖父はいよいよ店を諦めたのか、集が仮病で一日休んだ次の日は、朝からコミュニティセンターに遊びに行ってしまった。

そして今日も店は閑古鳥《かんこどり》が鳴いている。

誰一人客が訪れないまま午前中が終わり掛けた頃、ようやく、人の気配がした。

「こんにちはー」

 ノートパソコンをみつめていた顔を上げ、いらっしゃいませ」となるべく愛想《あいそ》のいい顔で言いかけた集は、そこにいたのが客ではなかったことに落胆した。

「何だ。倉田《くらた》か」

「ちょっと、人の顔見るなり何だって何よ。感じ悪い店員ね」

茶屋の倉田舞彩《まい》だった。正直なところ、あまり見たい顔ではない。佑弥のことを思い出してしまう。

あれから佑弥とは一度も顔を合わせていなかった。集の方が避けているし、佑弥も多分、遠回りして駅に向かい、店の前を通らないようにしている。

「土産買いに来たわけじゃないだろ」

「今さら地元の名前が入ってるお饅頭《まんじゅう》なんか買ってどうしろっていうのよ。どこにでもあるものなのに」

まったくおっしゃる通りだ。舞彩は返す言葉に詰まる集の方へ、ずかずかと近づいてきた。

「っていうかね！　あの人何なの！」

そしていきなり怒っている。

「あの人って？」

「田橋《たばし》先輩よ！」

そうだろうなと思ってはいたが、その名前を出されて、集は心臓が痛くなった。まだ佑弥に拒まれた時の衝撃も、そのあと味わった自分への落胆も、まったく消えていないのだ。

「こないだ繋《つな》ぎつけてくれたでしょ。で、店に電話来たから、一緒に出掛けたんだけど」

「……それは、聞いた」

「っていうか店には電話しないでってわざわざ携帯の番号残してったのに、何で店にかけさせるのよ。お父さんが出たらどうするつもりだったの」

舞彩は最初から怒っている。集は逃げ腰になったが、レジ台の内側にいて、逃げようがない。

「私が出たからいいんだけど！　でもせっかく外で話してるのに、あの人、全然こっちの話聞いてなくて！　がっかりだわ、もうちょっと、ちゃんとした人かと思ってたのに」

佑弥がうわの空だったのは、多分、自分が余計なことをしたからだ。佑弥は「誰のせいだと思ってるんだ」と呟いていた。自分が出がけに舞彩に会うなとか、余計なことを言ったから、腹を立てていたのかもしれない。

「何か……ごめん」

項垂《うなだ》れて謝ると、舞彩が少し勢いを殺して、首を傾《かし》げた。

「どうして仁敷が謝るの？」

「いや、おまえ、怒ってるから」

「そりゃ怒ってるけど、いいのよ、仁敷は関係ないわ。こっちこそごめん」

舞彩は八つ当たりしたことを自覚して慌てているようだったが、集にとっては『関係ない』と言われたのが結構な痛手だった。そうだよな、佑弥のことに俺は関係ないよなと、自虐的な笑いまで浮かんでしまう。

「でも、本当、がっかりしたのよ。全然会話が弾《はず》まなくて。すっごい期待していったんだけど、まるっきり肩透かしだった」

舞彩は勝手にその辺にある丸椅子を引っ張ってきて、レジの向かいに座っている。長居をするつもりなのか。どうせ客など来ないので、構わないのだが。

「もうちょっと役に立つと思ったんだけどなあ」

「役に立つとかっておまえ、そういう言い方……」

好き放題言う相手に少しむっとしたが、しかしそれを俺が言う権利などあるのかと、気が咎《とが》める。一方的に期待を押しつけて、相手任せで頼ろうとしていたのは、自分こそだ。

遠慮がちに咎めた集を、舞彩が睨《にら》みつけてくる。

「何甘っちょろいこと言ってんのよ。チャンスはものにしないとでしょ。待ってるだけじゃ駄目なの、こっちからガンガンいかなくちゃ、死活問題なんだから」

舞彩は妙に鼻息が荒い。集はまた怯《ひる》んだ。

「いや、でも、焦《あせ》る歳でもないだろうし、まだ」

舞彩は集と同じ二十二歳だ。世間的に見ればまだまだ若く、まあこの辺りでは高校卒業後に結婚する者も少なくなかったから、親や近所の人たちからの突き上げが苦しいのかもしれないが。

「おまえ一応美人なんだし、そんな今すぐ結婚とか考えなくても」

「は？　結婚？」

舞彩が思い切り、眉根を寄せた。

「仁敷、何言ってんの？　商店街の話よ？」

「ん……？」

相手が何を言っているのか咄嗟《とっさ》に呑み込めず、集が首を捻《ひね》っていると、舞彩に苛立《いらだ》った様子で睨まれた。

「だから！　田橋先輩、地域の再開発とか町おこしとかの企画をやる会社に入ったでしょ。ネットで会社名検索したらそういうのがぞろぞろ出てきたから、ノウハウを聞こうと思ってたのに」

「……へー……」

初耳だった。集は純粋に驚いて、舞彩を見返した。舞彩は怪訝《けげん》な顔をしている。まさか佑弥と仲のいい――今となっては、過去形だろうが――集が、その仕事について知らないなんて、思っていないようだ。

（町を出ていってしまうなら、俺には関係なかったし）

関係ないと思い込もうとしていた。

実際、関係ないんだと思う。佑弥にとっては、もう。

「まあ、こっちで予算とかあるわけじゃ全然ないし、仕事でもないのにそんな話するのなんて面倒だったのかもしれないけどさ」

「いや、佑弥はそういう奴じゃ……」

面倒がって人の話を聞かないような男ではない。集はそう弁解するが、舞彩は聞いていなかった。

「うちみたいな地味すぎる観光地は、アイディアとか工夫でどうにかするしかないって、改めて思ったのよね。観光協会の予算はみんな土産物センターに持ってかれちゃったでしょ。あっちは古参《こさん》の狸《たぬき》じじい達が仕切ってるからな」

舞彩はすでに、年頃の女子の顔ではない。何か、戦士のような佇《たたず》まいだった。

「だからうちらみたいな若手の跡継ぎが、いい加減動かなきゃいけないと思うのよね。あんたんとこだって、楽なわけじゃないんでしょ」

舞彩がぐいっと顎《あご》を反《そ》らすように、ニシキの店内を見回す。また仰《おお》せの通りだった。

「正直仁敷に言ったところで、のれんに腕押しとか糠《ぬか》に釘《くぎ》ってとこかもしれないとは思うんだけどさ。あんた、覇気《はき》ないから」

「……何を？」

ずけずけ言う舞彩に相変わらず怯みつつ、集はおそるおそる訊ねた。

「やっぱ、知らないわよね。一応うちらの世代で何かやろうって動きが出てることくらいは教えておこうと思って。うちらが卒業するちょっと前くらいから、店やってる子たちが何となく集まって、頭の固いジジババ親父世代とは関係ないところで組合でも作ろうかって話してるんだ」

たしかに、まったく知らなかった。そんな声をかけられたことがないし、そういう動きがあるなどということ自体気づいていなかった。

「って言っても、具体的に何って決まってるわけじゃないから、いい加減みんなが集まれる場所くらい決めようかって感じになったとこに、田橋先輩が帰ってきたから。アドバイスのひとつももらえるかと思ったけど、ボーッとしてるし、腹立つから途中で帰ってきちゃった」

成程《なるほど》それで「役に立たない」ということらしい。どのみち勝手な意見ではあるだろうが、それより、その集まりというのが気になる。

「倉田、それ、もうちょっと詳しく聞かせてくれ」

少し光明《こうみょう》が見えた気がする。集がわずかに身を乗り出すと、舞彩がひどく驚いた顔になった。

「どうしたの、そんなやる気出して」

「……いや、まあ……さすがに俺だって、うち、何とかしたいと思うし」

佑弥との一部始終を話せるわけがない。だがこれは祖父のために店を立て直し、自分が独り立ちするための、天の配剤《はいざい》な気すらしてくる。

舞彩は嬉しそうだった。

「いいわ、仲間が増えた方が心強いもの。じゃ、連絡先教えて」

集は改めて舞彩と連絡先を交換し、次に集まる機会があれば知らせてもらうよう、約束を取りつけた。

◇◇◇

舞彩からは、思ったよりも早く連絡が来た。集が加わると仲間に話したら、皆珍しがって、じゃあすぐに集まろうかという流れになったらしい。

「ニシキってちょっと商店街のメインから外れたとこにあるし、特に余所《よそ》と連携しないで、マイペースにやってく方針かと思ってたよ」

閉店後の喫茶店に、集と同年代の商店街の子供たちが集まった。本当に皆が自分の来訪《らいほう》を珍しがっていて、集は少し恥じ入る気分だった。

「いや、単に、俺が無精《ぶしょう》してたってだけで……」

「てか仁敷とまともに話すの初めてかも、俺。学校いた頃も全然遊んだこととかなかったよな、小中高って一緒だったのに」

「私なんか幼稚園から一緒だよ。仁敷君、私の名前覚えてる?」

十人ほど集まったほぼ二十代の男女が、話し合いより先に、集を取り囲んで口々にそんなことを言ってくる。集は気圧《けお》されて、相槌を打つことくらいしかできない。

「おまえほら、俺とタメだった田橋と仲よくて、いつもべったりだったろ。てっきりデキてんのかと思ってたわ」

明るく笑いながら冗談を飛ばす年上の男に、集は手にしていたコーヒーカップを取り落としそうになった。傍《そば》にいた舞彩が、「何くだらないこと言ってんのよ」と相手の背中を殴っている。

「田橋さんっていえば、結局駄目だったんでしょ、舞彩」

「うん、ちょっと話したけど、全然手応えなかった。やっぱりお店の子じゃないと無理よね、他人事《ひとごと》だから、危機感薄いだろうし……」

続けて佑弥の話題になるので、集はどんな顔をしていいのかわからない。できるだけ平静を装《よそお》ってコーヒーを啜《すす》った。

「まあ最初から余所の奴に頼らないで、俺らは俺らでできそうなこと決めてこうぜ」

皆が話すことが、いちいち集の心臓に悪い。

「だな。仁敷もさ、思いついたらどんどん口に出してってくれよな。夢みたいなことでも、何かしらヒントになるかもしれないし」

「う、うん……」

たびたび佑弥の名前が飛び出すのが落ち着かないが、気にしていたら始まらない。部屋に籠もって佑弥に振られたことを思い悩んだり、「俺は駄目な奴だ」などとぐずぐずしているよりは、はるかにマシだろう。集は前向きに行こうと、自分に言い聞かせた。
◇◇◇

集まりは、気心の知れた者同士だから脱線しがちではあったが、活気があって、明るかった。
せっかく参加しているのに飲まれていては無意味だと、集もなるべく意見を言おうと頑張っ
た。地域活性化という目的がひとつだからだろう、最初は緊張したが、皆真剣に話を聞いてく
れるし、聞かせてくれるので、思いのほか集も彼らに馴染むことができた。
「集、また出掛けんのか?」
店を閉めて夕食も終え、片付けを済ませたあと、鞄を抱《かか》える集を見て祖父が声をかけてきた。
「うん。卒業生で、盛り上がっちゃって……」
祖父には集まりの内容を隠している。集一人でやろうとしていた時は、うまくいかなかった
時に祖父を糠喜びさせることが嫌で黙っていたが、今は、舞彩たちに口止めされていた。親世
代、祖父母世代は新しいことを嫌う頑固な人が多く、ある程度すべきことをまとめてからでな

いと、頭ごなしに止められて、自由にやらせてもらえないことを危惧《きぐ》しているらしい。

集の祖父は反対しないだろうが、商店街に知り合いが多いので、そこから漏れることを避けるようにと皆から厳命されていた。

「そっか。友達んとこ行くのか。気をつけてな」

最近行動的な集を、祖父は嬉しそうに見てくれている。口に出しては言わなかったが、佑弥以外に友達がいないことを、ずっと心配してくれていたのだろう。

「また帰り遅くなるかもだから、じいちゃん先寝てて」

「うん。――佑弥とは、遊んでないのか？」

靴を履いて外に出ようとした時、見送りに来てくれた祖父にそう訊ねられ、集は返事に詰まった。

祖父は重ねて訊ねることなく、小さく何度も頷いている。

「あいつも、忙しいもんな。忙しいのはいいことだ。いってこい」

「……ん……」

祖父は、佑弥と集の間に走った亀裂《きれつ》について、気づいているのだろう。

どうやったって心配を掛け続けていることに、集は申し訳ない心地になった。

(俺は本当に早く、独り立ちしないと)

祖父に楽隠居《らくいんきょ》させてやりたい。諦めて店から目を背《そむ》けるのではなく、せめて祖父が若い頃そうだったというくらいそこそこ人の来る店にして、それを集に任せて大丈夫だと太鼓判《たいこばん》を押してもらえるくらいになりたい。

（そしたら、俺もちゃんと大人の男になれる）

ただの手伝いではなく、ニシキの跡継ぎとして、周りの仲間と協力し合って、店を立て直し、町を活性化することができれば。

そうすれば、先に就職をして立派に会社員としてやっている佑弥に、少しでも追いつけるかもしれない。

（何だかんだいって、結局理由が佑弥っていうのが、悪い気もするけど……）

不純な動機だなとは思う。祖父に楽させたいのも、地元の発展に関わりたいのも本音だが、突き詰めれば「そうすることで、佑弥に見放された自分を立て直せるかも」という期待があるのだ。

（立て直すっていうか……そもそも立ててないんだから、立てるようにするっていうか）

気を抜けば佑弥に言われたことを思い出したり、これまでの自分の所行《しょぎょう》を思い出して消え入りたい気分になってしまうが、落ち込んでいる時間が勿体《もったい》ないので、それを忘れるためにも集は舞彩たちとの活動にとにかく力を入れている。

（この時間なら、まだ中央図書館はやってる——けど、ギリギリだ）

必要経費は集めた会費から出すけど最低限に、というお達しも出ているので、集はインターネットと図書館を活用している。元々地域活性化運動の成功例を何となく集めてはいたから、それをさらに突き詰めることにした。

閉館までに図書館で調べられるものを調べようと、急いで自転車に跨《また》がり歩道に出た時、会社帰りの佑弥と行き合った。

最近相手の通勤、帰宅の時間にまったく遭遇しないので、油断していた。

「お……おかえり」

だから少し上擦《うわず》った変な声になりつつ、それでも集はどうにか佑弥に声をかける。

「……ただいま」

無視されるかもと、そのダメージを受けるために身構えたが、佑弥は返事をしてくれた。集はほっとする。嬉しそうな顔をしたら嫌がられる気がして、なるべく無表情を保った。

佑弥はすぐに自宅の方へは行かず、集を見て立ち止まっている。

「集、あのさ……」

また、この間は言い過ぎたと、謝ってくれるのだろうか。その予感がして、集は慌てた。

ここで佑弥を謝らせたら駄目だ。悪いのは自分なのに、佑弥が先に自分を許してしまっては、あまりにも情けないし申し訳ない。

「こないだのことなら、もういいんだ」

だから自分からそう佑弥に告げた。

「俺は大丈夫だから。ごめん、佑弥は気にしないでくれ」

佑弥は少し驚いた顔になって、また口を開こうとしている。

何を言われるのも怖くて、集は一方的に謝ると自転車に跨がり、佑弥の返事を待たずにペダルを漕《こ》ぎ出した。

(佑弥は、優しすぎるんだよ。だから俺みたいな馬鹿が、つけ上がるんだ)

同じことを繰り返してはいけない。佑弥の負担になり続けるのは嫌だと、なけなしの集のプライドが訴《うった》えている。

(許されるんじゃなくて、認めてほしい。佑弥に、俺のこと)

生まれて初めてそう思った。対等になりたい。兄とか、保護者とか、そんな立場を相手に強《し》いるんじゃなくて、例えば舞彩と他の仲間たちといる時のように、甘えることなく、目的のために、しっかりと。

(……って思えるようになりたい)

本当はすぐに甘えたくなる。さっきも、佑弥の顔を見たら泣きそうだった。会えなくて、寂しかった、と気づく。寂しかったんだぞ馬鹿と、悪くもない相手を責め立てて、佑弥の部屋に押しかけて、夜通し話をしたりしたかった。

でもそれじゃ駄目だ。

こないだみたいに、抱き締めてもらえたらきっとまた気持ちいいだろうにとか、そういうことを考えるのは駄目な奴のすることだ。

（あんなこと、しなきゃよかったな）

その直後とは違う理由で、集は後悔していた。佑弥にくっついているのが気持ちよすぎたせいで、その温かさや匂いが忘れられなくて、ときどき困る。それが欲しくて、胸が変な具合に痛くなる。

いますぐとって返して佑弥のところに行きたい気持ちを死に物狂いで押し殺して、集はことさら力を籠めて自転車のペダルを踏んだ。

◇◇◇

「ご当地キャラとか、そりゃあ話題になるようなのができたらいいんだろうけど、誰が作るのよ」

「公募すればいいんだよ、その段階で話題になるだろ？」

「すっごいのきたらどうする、城マンとか」

「うわ、センスねえなあ！」

今日も侃々諤々《かんかんがくがく》だ。毎日全員が集まれるわけでもないが、会合の本拠地となった閉店後の喫茶店にできるだけ立ち寄っては、顔をつきあわせ、話し合いを続けている。

「ってかそういうの、結局商店街の許可がいるだろ？　役員のじじい共、ゆるキャラとかくだらねえって悪口言ってるのしか聞いたことねえぞ」

「そこなのよねえ、極力ローコストでやるって言ったって、要所要所で許可が必要でしょ？　町の宣伝キャラなのに、町が使ってくれなかったら意味ないし……」

「――あの、これ」

タイミングを見計らい、集は話し合いに口を挟《はさ》んだ。

「全国のご当地キャラの一覧と、権利の所在、わかる限り打ち出してきた」

「おお、すげぇ。――ん、これ、非公式とか非公認とかあるな？」

「うん、結構有名なキャラクターでも、自治体の許可なしに、あえて『非公認』っていうのを売りにしてるのがあって、そういうとこ狙うやり方はどうかなと」

「なるほどねえ、これ、公式の方が何て言うか無難で、非公式だと酷《ひど》い……えっと面白いデザインとか設定でやれるんだ」

「じゃあもう俺らも非公式でいいじゃん。これ、勝手にやって人気が出ちゃえば、じいさんたちも認めざるを得なくなるだろ」

話し合いに少し方向性がついていく。舞彩が隣から、集の背中を突いた。

「すごい。色々調べてくれて、ありがとね、仁敷」

「いや、俺あんまりアイディアとか出せないし、これくらいしかできないから」

「充分だって。ほら、こないだも町おこしの資料まとめてくれたでしょ。映画とかアニメになったやつのサンプル。うちだって一応は大昔にドラマになった土地なんだから、生かせればいいんだけど……」

「ドラマになったのって、史実だろ？　その辺掠《かす》りそうな小説とか漫画とか探してるけど、マイナーすぎて、みつからないいんだよなあ」

舞彩に、また背中をバンバン叩かれた。

「いいねいいね仁敷。すかした顔してやる気あるから、嬉しい」

「す、すかしたって……」

「あんた昔っから、『何もかも諦めてます』って顔とか態度で、いけ好かなかったのよね。まああんたんち、いろいろあったって聞くから、目立ちたくなかったんだろうけどさ」

「おい、舞彩」

傍で聞いていた別の仲間が、歯に衣《きぬ》着せぬ物言いの舞彩を諫《いさ》めている。舞彩は気にせず、集も、「大丈夫だから」と首を振った。

「私らと同い年のくせに、うちの父親みたいに諦めた、腑《ふ》抜《ぬ》けた顔してるの。なのに頑固なのよね。何もかも諦めてますってポーズに固執《こしつ》して、自分からは動かないの。動かない言い訳作ってるのよ、『だって』とか『どうせ』とか言葉の頭につけて。いよいよ店が危ないっていうところまで来たら、『ほら、どうせ駄目だったろ』って言う準備をしてるのよ。腹立つったら」

集に向け苦笑する。


「舞彩、言い過ぎだよ」

別の仲間が、また舞彩を諌めた。さすがに舞彩が首を竦《すく》めて、集に向け苦笑する。

「ごめん、また今日もお父さんとやり合ったから、八つ当たり」

「いや……いい。俺も、刺さった」

舞彩はどうやら自分の父親への鬱憤《うっぷん》を口にしているようだが、集にも思い当たることがありすぎた。

集が諦めてきたことも、諦めた『つもり』でしかなかったのだと思う。本当は諦め切れないくせに。

（本当に、佑弥が離れてくことを諦めた『つもり』でいられたってのも、信じられない）

未練しかない。『ほら、どうせ駄目だったろ』などと嘯《うそぶ》ける自信もない。

「仁敷は違うよ。すごく考えてくれてるもん。一緒に頑張ってくれて、ありがとうね」

舞彩がそう言ってくれるのは嬉しかった。

そのまましばらく話し合いを続け、全員夢中になったが、明日も平日で皆自分の店があるからと、十一時を過ぎたところで解散になった。

「仁敷、あんたんちの方に用あるから、一緒に帰ろ」

喫茶店を出たところで、舞彩に声をかけられた。集は頷き、乗ってきた自転車を引き摺《ず》りながら、舞彩と並んで帰ることにする。

「舞彩の家、逆だろ。俺んちの方って何かあったっけ」

いつも集まっている喫茶店は、みやげのニシキと倉田茶屋の中間地点にある。倉田茶屋は駅前だが、集の家の方面では、もう開いている店はないだろう。せいぜいコンビニエンスストアくらいだ。

「彼氏んち」

が、舞彩の返事を聞いて納得する。

「なるほど……」

「相手、普通の会社員なんだよね、東京から来てる。それだけでお父さんに反対されてるの。どうせ店の先行きなんかないんだからって、お兄ちゃんはサラリーマンにさせといて、私が余《よ》所《そ》のサラリーマンと結婚したいって言ったら、すっごい機嫌悪くなっちゃって」

舞彩にも色々あるらしい。勝手にどんどん話し出した。

「でもそれで私が地元から一抜けして、そのうち東京に戻るかもしれない人のとこに嫁に行ったら、お父さんは『ほら、どうせ駄目だったろ』って言うと思うの。そういうの口惜しいでしょ？」

集には答えがたい。自分も、どちらかといえば舞彩の父親の側にいたのだと思えば。

「だから、ちゃんと町を盛り上げて、店も立て直してから、大きい顔して家を出てってやろうと思って。……って、話しておきたかったんだ。ごめん、仁敷すごい頑張ってくれてるのに、声かけた私は動機が不純で」

「……いや」

集は少し、笑ってしまった。

「何よ。笑わないでよ」

「悪い、馬鹿にしたとかじゃなくて……俺も同じだから。俺も、好きな人がいて、その人に頑張ってるの認めてほしくて、舞彩の話に乗ったから。同じようなもんだなって思って」

「……そっかー」

舞彩が、やたら感動したように頷いた。

「仁敷にも、好きな子とかちゃんといるのね。あたりまえか、いい歳だもんね、お互い。っていうか、ちょっと感動した。仁敷、高校の頃からずいぶん変わったなと思ってたけど、その子が原因か。すごいな。愛の力ね」

大真面目に言ってのけた舞彩に、集は赤面してしまうが、まあ、そういうことなのかなと思う。

初めて誰かに対して「好きな人がいる」と告げてみて、もう少し辛《つら》い気持ちになるかと思ったが、案外すっきりするものだった。

「相手の子、私も知ってる子？　誰？」

「まあ……地元の奴」

舞彩があれこれ相手のことを聞きたがるので、少し困ったが、彼女の方に水を向ければ自分と彼氏のことを楽しそうに語り出し、話題が逸《そ》れたので、集はほっとした。

舞彩の話に耳を傾けながら歩いて、家の前まで辿り着く。

「暗いけど、平気か？」

「大丈夫大丈夫、そこのコンビニまで迎えに来てくれてるから」

明るく笑って、舞彩は集に手を振ると、恋人の待つ方へ急ぎ足で去っていく。

集は微笑ましい気分でその後ろ姿を見送った。まっすぐ相手のところへ向かえる舞彩が、羨《うらや》ましくもあった。

舞彩の姿が夜の向こうに見えなくなってから、集は自転車を店の脇の隙間に押し込んだ。

家に戻ろうとした時、人の気配がして目を凝《こ》らすと、佑弥がいた。佑弥だけではなく、肩に腕を担《かつ》がれている祖父もいる。

「あれ……じいちゃん、酔っ払っちゃったのか？」

祖父はぐったりと佑弥に凭《もた》れていた。ずいぶん酒臭い。

「……おかえり」

「あ、うん、ただいま」

最近祖父は少し酒を過ごすことが多く、それが密《ひそ》かに集の心配事だった。昼間からコミュニティセンターに出掛けて、帰りに一杯引っかけて、家でも飲んで。

（店のこと、考えたくないのか……）

元々酒好きではあったが、楽しく嗜《たしな》む感じで、深酒をすることは滅多《めった》になかったのだ。酔い潰れている祖父が心配なのは本当とはいえ、佑弥と二人きりで顔を合わせる羽目になるよりは気まずくなかったので、申し訳ないが少しありがたかった。

「寝ちゃってるな。ごめん、あと大丈夫だから。ありがとう」

「いい、中まで運ぶ」

集は祖父の体を受け取ろうとしたが、佑弥は譲《ゆず》らなかった。

たとえ祖父のことであろうと、佑弥に迷惑をかけ、手を借りることに抵抗があって、集は頑《かたく》なに首を振った。

「大丈夫だって。……もう俺一人で、運べるし」

祖父の体は軽い。集はもうそれを一人で抱えられる。

「でも、じいちゃん抱えてドア開けられないだろ」

「佑弥はするつもりだったんだろ」

押し問答になってしまった。別に言い争いをしたいわけじゃないのに、佑弥が相変わらず突《つっ》慳貪《けんどん》だから、やり返す感じになってしまい、集は内心困惑する。

「んー……、……おお、集か、おかえり、おかえり」

その状況を打破してくれたのは祖父だった。押し問答していたせいで目が覚めたのか、少しよろめきながらも、自力で立ち上がっている。

「悪い悪い。じいちゃんちょっと、飲み過ぎちゃったなあ……」

一度体勢を立て直すと、祖父は案外ぴんしゃんして、「トイレ、トイレ」と言いながら、一人で家に入っていった。

残された集と佑弥の間には、微妙な気まずさが漂う。

「……ええと、本当、悪い。じいちゃんもう、大丈夫みたいだから……俺も帰るな。おやすみ」

いざ向かい合ってみると、佑弥とうまく目が合わせられない。

舞彩たちと繰り返し話し合いは続けているが、まだ何の成果も得られてはいない。

その話を、本当は佑弥に話したかったが、必死に堪《こら》えた。聞いてほしいけれど、まだ早い。

祖父だけではなく、仲間以外には、当分話さないようにとも言われている。

「おまえ……最近、何やってるんだ？　ほとんど毎日どこか出掛けてるって、じいちゃんが」

が、佑弥の方からそう問われてしまった。

「まあ、ちょっと……同窓会っていうか」

「――さっきの、倉田さんだろ」

どうやら佑弥は、舞彩と帰ってきたところを見ていたらしい。

「ああ、うん。舞彩も同級生だし」

「……」

街灯の明かりで、佑弥が表情を曇《くも》らせているのがわかる。

何かまた心配を掛けてしまっているだろうか。

「……あのさ、佑弥」

集は思い切って、佑弥に向けて改めて口を開いた。

「俺は佑弥の言うとおり、今までずっと佑弥に兄貴とか父親に対するみたいに甘えてたし、頼り切ってたと思う。でも、これからは、たとえ佑弥がいなくても生きていけるようになれるくらいに、頑張るから」

そうして、独り立ちできたと、大人になれたと自信がついたら、改めて佑弥に好きになってもらいたい。

——というところまでは、言えなかった。

具体的な成果はまだ何ひとつ胸を張って報告できないが、心持ちだけでも知っておいてほしい。

だから見ていてくれなんて、おこがましくて頼めなかったけれど、本心ではそう願っている。

(だって、好きなんだ)

恋のことが本当はまだよくわからないけれど、保護者としてではなく、対等な相手として、でも佑弥にとって一番の、たった一人の特別になりたいと思ってしまうのなら、ただの友達とか、幼馴染みとかいう枠《わく》からも外れてしまう気がする。

それを間違っていると集自身がかつて断じて、拒んでおきながら、佑弥に知ってほしいと思うのは、虫のよすぎる話だとはわかっている。

(ちゃんと、謝りたい)

今あの時のことを謝れば、佑弥は許してくれるだろう。でも、それじゃ駄目だと思う。自分が未熟で子供過ぎたつけを佑弥に負《お》わせるのでは、何も変わらない。

そういうことを、うまく言葉にはできないながら集は必死に考えていたが、それを見ている佑弥は無言だった。集の宣言にも、何も答えてくれない。

(……もう、興味ないのかな)

それも仕方ない。佑弥にしてみれば終わった話だろうに、一方的に決意を聞かされたところで、返事に困るだけだろう。

「変なこと言ってごめん。じゃあ俺も、家戻るな。じいちゃんのこと、本当、ありがとう」

集は精一杯佑弥に微笑んでから、しょぼくれた顔など見せないよう、慌てて家の中に逃げ込んだ。

7

舞彩《まい》たちとの話し合いを進め、やるべき計画がいくつか決まっていった。かなり揉《も》めたものの、最終的には自分たち若手だけでやっても大した効果は見込めないから、やはり親や祖父の世代、町の人全体を巻きこんでいくしかないというところで話がまとまった。

「城復元プロジェクトを再編成するのと、マスコットキャラクターの公募と、新しいお菓子の開発と、史実を前面に押し出した新しい観光案内のパンフレット作りと、ホームページの作成と、SNSの展開と……って、何か全体的に地味な割に、やること一杯ある感じよね。そりゃ一朝一夕《いっちょういっせき》でパッと変わるなら苦労しないし、そういうもんじゃないってわかってるけど」

何をするにしても人手が足りない。人手というか、人材というか。ほとんどが小売り中心の店の子供で、広報の具体的なやり方もまだわからず、これから何が必要なのかを探っていこうという段階なのだ。

「やっぱり専門家っていうか、アドバイザーが欲しいわよね。ねえ、田橋《たばし》先輩に、どうにか話聞けないかな」

「……うーん……そうだな、タイミング見計らって、聞いてみる。でも向こうが仕事でやってることなら、難しいのかもな」

「まあ、そりゃそうか、ちょちょいっとボランティアでいいから意見ちょうだいとか、さすがに図々《ずうずう》しいもんね。田橋先輩は商店街とも観光協会とも関わりないんだし」

佑弥《ゆうや》は土日もたびたび仕事で出掛けているが、大きなホールを持つ近隣の県のコンサートや、演劇などの興業に関わっているようだと、寛子《ひろこ》からそれとなく聞いた。佑弥は佑弥で自分の仕事が忙しいだろう。舞彩の言うとおり、町の危機と佑弥に関わりはない。

（佑弥の力を借りなくても独り立ちできるって証明したいのに、初《しょ》っ端《ぱな》から頼るんじゃ、本末転倒すぎる）

資金繰りがついて、佑弥の会社に仕事としてプランニングを依頼できるなら、それが一番いいだろう。集がそう言うと、舞彩も頷いた。そしてその資金を集めるために、集たちは少しずつでも商店街や町の人たちに頭を下げて回ることにした。

割り振られた場所に資料を持って飛び込みで説明に行く——などという活動は、集にはなかなか難しい。名乗ればやはり未《いま》だに「あの、ニシキの息子」という反応をされることもあったし、そういう事情を知らない人にも、若いのが妙なことを始めたと胡散臭《うさんくさ》い目で見られ、追い払われることもあった。

だが『町の活性化のために』という目的を強調すれば、静かに痩《や》せ細《ほそ》っていくような地元の空気に危機感を抱いていた人たちは、真面目に話を聞いてくれる。変化することを嫌って頭から反撥《はんぱつ》する老人たちもいたが、それと同じくらいの数、集たちが驚くくらい、活動を応援すると勢い込んで言ってくれる人たちもいた。

動いてみればそれなりの手応えも感じて、集はいつもよりずっと充実した気分を味わうことができた。

「集、ここのとこ何だか楽しそうね」

とは、夕食を届けにきてくれた寛子の感想だ。ちょうど祖父と揃って仁敷《にしき》家の居間でお茶を飲んでいるところに、舞彩と一緒に外回りを終えた集が帰ってきたところだった。

「商店街の子たちで、色々やってるんだって？　お茶屋の舞彩ちゃんと紙束持って押しかけてきたって、酒屋のおばあちゃんが面白がってたわよ」

祖父にはすでに自分たちのやっていることについて、説明してある。集は寛子にも同じ説明をした。

「へえ、いいじゃない。うちもちょっとだけでも協力するわね」

「ありがとう」

心からありがたい気分で、集は寛子に頭を下げた。祖父はにこにこしながらそんな孫を見ている。

「本当集、生き生きしてるわよねえ。――それに引き替えうちのは、変に塞《ふさ》ぎ込《こ》んじゃって」

溜息をついた寛子に、集は下げていた頭を上げて、相手を見遣った。

「うちのって……佑弥？」

「そう。あんまり食欲もないみたいだし、すぐ部屋に引っ込んじゃうし。やだわ、会社でとんでもないミスでもしたんじゃないでしょうね」

佑弥とは、最近まるで顔を合わせていない。酔った祖父を送ってくれてから、そういえばもう十日くらいは経っている。とにかく活動の方向に目処《めど》をつけてから、佑弥にも改めて説明しようと思っていたが、思いのほか忙しくなってしまったから、その余裕がなかった。

「前はほら、デートとかしてたでしょ、ここらの女の子と。最近はそういうのもしなくなっちゃって……」

それは集にとっては喜ぶべきことだが、寛子はずいぶんと落胆した顔になっている。

「仕事で手一杯とか言わないで、お付き合いする人でも作ればいいのに。前に来てくれた東京の子とは、どっちもそれっきりみたいなのよね、それで落ち込んでるのかしら、もしかして。見えないとこで連絡取っててくれればいいんだけど、そういう雰囲気もしないしねえ」

心配そうに話す寛子に、集は胸や喉《のど》の辺りがちくちく痛む。

(やっぱり普通に女の子と付き合ってほしいよな、親は)

なのに自分が佑弥を好きになるということは、息子の幸せを願う寛子や宏則《ひろのり》たちへの裏切りになってしまうのかもしれない。

(だから、俺も佑弥が俺を好きだなんて『変な冗談』は言うべきじゃないと思ったし……)

男は女性と結婚して、子供を育てるのが常識だ。少なくともこの町ではそうだ。テレビに出ているオネエキャラを、老人が口から泡を飛ばして罵倒《ばとう》するような環境だ。

「集はどうなの、お茶屋の舞彩ちゃんと」

「え？」

自分の思考に耽《ふけ》っていた集は、不意に寛子から訊ねられて、目を瞬《しばた》いた。

「やあね、とぼけちゃって。舞彩ちゃんとうまくいってるんでしょ？」

「舞彩と？　俺が？」

寛子は何を言っているのかと、集は慌てる。

「や、全然、そういうのじゃないけど」

「だって仲よさそうにデートしてるって、噂になってるわよ？　やるじゃん」

「やるじゃんって、いやっ、違うって、だからそれが、さっき話した活動なんだって」

佑弥に変な噂が立ったら嫌だ、などと想像している場合じゃなかった。

「そうなの？　だって倉田《くらた》さん、集はまだ頼りないけど、おじいちゃんの孫なら安心だし、舞彩ちゃんをやってもいいとか、お店に来る人に話してるって。ねえ、おじいちゃん」

「あー、倉田んとこの息子は、思い込み激しいからなあ」

祖父は呑気《のんき》に笑っているが、集は狼狽した。

「な、何だそりゃ……」

娘がサラリーマンの彼氏といずれ結婚するつもりであることを、舞彩の父親はおもしろく思っていないのだ。何かうまく利用されている気がする。

「全然違うって。やめてくれよ、舞彩が聞いたら激怒する、絶対俺まで滅茶苦茶《めちゃくちゃ》言われる、怒った時のあいつは理不尽で怖いんだから」

「あいつ、ですって、ウフフ」

「だから違うって……！」

舞彩は彼氏がいることを親しい仲間内に打ち明けているだけで、大っぴらにしていないようだった。だから今自分が寛子に伝えていいのかわからず、集は頭を抱えたくなった。

「い、いや、もう、俺のことはいいよ。――それより佑弥が元気ないって……」

「あらやだもうこんな時間。そろそろ、お父さんのお夕飯も支度しなくちゃ。じゃあね」

さり気《げ》なく佑弥の様子についてもっと聞き出そうとした集の目論見《もくろみ》など意にも介さず、寛子がさっさと家に戻ってしまった。爆弾を落とすだけ落として逃げられたようなものだった。

「じいちゃんも、ここんとこ集が元気で、嬉しいな」

頭を抱えたくなっている集に、お茶を啜《すす》りながら、祖父がのんびり言った。

「店んことは、気にすんな。店番ならじいちゃん一人でやってるから」

そう言ってくれた祖父に、集は我に返り、頭を下げた。

「ちょくちょく出掛けてごめん、でもそのうちに、俺とじいちゃんじゃ足りないくらいの店になるように、絶対するから」

「うん。うん」

祖父はにこにこしている。集が自分たちのやっていることを詳しく説明した時、少し泣いていた。

「集が頑張ってるし、じいちゃんも、碁《ご》ばっか打ってる場合じゃないな。何でもやるし、うちの店でなら何やってもいいから、頑張れよ」

店のことを諦めていたように見えた祖父も、前より肌の艶《つや》がよくなって、長く寝入ることも減った。それが集にはとても嬉しい。

「うん。頑張るよ」

目には見えないものの、いろいろなことが上向いている気がする。集は自分も以前より腹に力が入っている気がして、それも嬉しかった。舞彩との噂は正直面倒さを感じたが。まあ彼氏がいるのだから、そのうち立ち消えるだろう。

（それより……佑弥）

心配なのはその点だ。ろくに顔も合わせていないから、佑弥が落ち込んでいるなんて、気づけなかった。

仕事で失敗でもしたのかと寛子が言っていたが、しかしそれなら、集が話を聞いてやるというのも差し出がましい気がする。

（仕事ならともかく……東京の女のこととかなら、聞きたくないし……）

だが、やはりどうしても心配だ。

気になって仕方がなかったので、集は次の日の朝、店の前を掃除する振りをしながら店の裏、田橋家の方にこっそり回り込んで、出勤のために家を出てくる佑弥の姿を覗き見た。

――たしかに佑弥は、落ち込んでいる感じがした。疲れた顔で、あまり顔色も優《すぐ》れず、溜息をついている。少し見ただけで、何かひどく思い悩んでいるのが伝わってくる空気だった。

見かけたら声をかけようと、さんざん田橋家の辺りをうろついていたのに、集は結局佑弥に挨拶《あいさつ》もできなかった。声をかけられる雰囲気ではなかったのだ。

（本当に、どうしたんだろう）

あそこまで落ち込んでいる佑弥というのを、集は見たことがない。

落ち込んだこと自体がなかったわけではないだろう。でも佑弥は、何かあっても集に心配を掛けまいと、いつも穏やかに笑っていてくれたのだ。自分が甘えっぱなしのせいで、佑弥にそうするよう仕向けてしまったのだと思い至って、集も落ち込んだし、反省した。

（どっちみち今だって何の役に立てないとしても、話聞くくらい……でも、そんなの俺が言ったって、佑弥は嫌かもしれないし……）

集は一日中、そうやって佑弥のことで思い悩んだ。

店の仕事と舞彩たちとの活動も終え、夜遅く自室に戻ってからも、佑弥に会いに行くべきか、我慢するべきかについて、答えが出ないままぐるぐると悩み続ける。

悩みすぎたせいか息苦しくなってきたので、気分を変えようと部屋の窓を開けた時、何気なく見下ろした外の通りに佑弥の姿をみつけて、集は驚いた。

佑弥は仁敷家の前で立ち止まり、集の部屋を見上げていたのだ。

窓を開けた集に、当然佑弥はすぐ気づいた。

目が合って、仕種で集の部屋を指している。上がってもいいか、と聞いているらしい。

すでに祖父は眠っている時間だから、チャイムを鳴らすことを遠慮していたのだろう。最近集は、佑弥の忠告をきちんと聞くことにして、玄関は常に施錠《せじょう》してある。

集は急いでこくこくと頷きを返してから、部屋を飛び出し、寝ている祖父を起こさないよう足音を忍ばせながらも、玄関に走っていった。

◇◇◇

「悪い、夜中に」

集は佑弥を部屋に迎え入れ、戸惑いつつも床に座ってもらった。

佑弥は一度家に帰っていたらしく、上着もネクタイも外している。

(……あれ、やばい、格好いい?)

きっちりスーツを着込んでいる姿も様になっていたが、いかにも仕事を終えたあとというふうに、少しの疲労を感じさせて髪も何となく乱れている様子が、変に男らしく見える。

そういえば、佑弥を好きだと自覚してから、初めて二人きりになるのだ。

集は唐突に緊張してきた。

「あの……お茶、淹《い》れてこようか。っていうか佑弥、飯食ったか？　おばさん持ってきてくれた煮物あるけど……」

「いや、いい。……座ってくれ」

「あ、うん」

まるで自分の部屋であるかのように促《うなが》され、集は言われるまま折《お》り畳《たた》みのテーブルを挟んで佑弥の向かいに座った。テーブルの上には開きっぱなしのノートパソコンだの、活動のための資料だのが雑然と散らかしてあったので、慌てて片づけ、床に下ろす。

「……どうした？」

集を座らせてから、佑弥は黙ったままだ。沈黙が少し気まずくて、集は自分から相手に水を向けた。

佑弥は集が片づけたノートパソコンを見下ろしている。

「いや……。集、何か忙しくしてるのは、大丈夫なのか」

「うん、今は、とりあえず」

本当は調べたいことが少しあったのだが、どのみち佑弥のことで悩んでいて、手が付けられなかった。

「そうか」

佑弥は頷いて、また黙り込んでしまった。そっと様子を窺うと、言うべき言葉を探しているようにも見えたので、集は大人しく待つことにした。何を言われるのか少し怖くて、心臓がばくばくしてくる。

「集は……本当に、俺がいなくても大丈夫なのか」

そして沈黙に耐えかねてもう一度話を促そうと思った矢先、佑弥の口から出てきた質問に、ぐっと喉が詰まる。

(大丈夫じゃない)

すぐにそう声を上げたいのを、我慢する。

(大丈夫じゃないから、大丈夫にならなくちゃって、足掻《あが》いてるんだ)

口に出せば責めるような口調になってしまいそうで、それを呑み込む。以前の集なら何の考えもなく佑弥を責めただろう。そういう甘え方を、佑弥相手にずっとしてきた。

そのせいで今、どう答えるべきなのかがすぐにみつけられない。

「いろいろ考えてたんだ。これまでのこと」

佑弥は集の返答を待っていたようだが、それは諦めたのか、再び口を開いた。集は小さく首を傾《かし》げる。

「これまでって?」

「集が生まれてからこっち」

「な……長いな」

二十二年間だ。集も佑弥も生まれた時から今の家に住んでいる。佑弥の方が歳が上な分、集よりも相手の記憶が多いだろう。二歳児がどれくらいのことを覚えているかはわからないが。

「……俺はずっと、集のこと好きだった」

静かな口調で佑弥が言う。

「いつからっていうのも覚えてないくらい、最初から集が特別で、ずっとそばにいて、絶対に守りたい、そういう、大切な子だった」

「……」

好き、と二年ぶりに言われても、集は喜べなかった。あの時みたいに拒《こば》む理由もない。

好き『だった』。――過去形だ。

「集のいない自分の生活なんて考えられなくて、東京に就職しようと思った時も、距離が離れてもうまくやれるって勝手に思い込んでた。ただの幼馴染みとか兄弟って思ってた相手からいきなり告白なんてされたら驚くだろうけど、でもきっと集は受け入れてくれるって。玉砕《ぎょくさい》覚悟のつもりだったけど、どこかで、そう思ってた」

二年前の、あの告白。あれはやっぱり、本気だったのだ。

「なのに冗談にされて……俺の方がすごい驚いて、うろたえて傷ついたし、腹も立てたし……」

「……ごめん」

今の集になら、あの時の佑弥がどれほど傷ついたか、嫌と言うほどわかる。

あの時はそこまで考えられなかった。

項垂《うなだ》れる集に、佑弥が苦笑する。

「謝るなよ。俺も子供だったんだ。せめて少しずつ思わせぶりにでもできてたらよかったんだけど、馬鹿みたいに真正面から、前置きもなく告白なんてして、拒まれることとくらい普通なら想像ができただろうに……そういう覚悟ができてなかったから、集に目一杯拒否された時、『何でだよ』と『やっぱり』でせめぎあってた。普通じゃない気持ちだから、集に認めてもらえない。嫌がられる。変とか、気持ち悪いとか言われてしまうんだ、って」

「違う」

集は咄嗟《とっさ》に首を振ったが、佑弥は苦笑を浮かべたままだ。集の反論なんて信じていない顔だった。

(違うのに)

そう思ったのは集じゃない。集自身が佑弥の告白を気持ち悪いと思ったわけじゃない。

――でも、『思われるだろう』と思ってしまったのだから、同じことなのかもしれない。

「自棄糞《やけくそ》になって、東京で無理に遊んでみて、まあそれはそれでそこそこ楽しかった。仕事に打ち込んだり、気楽な友達と遊んでれば、集のことも、集に言われたことも忘れられたし。このまま時間が経てば、集に嫌な思いさせなくてすむだろうって思って」

「……だから、帰ってこなかったのか？　二年間。俺にも、連絡とか全然……」

佑弥が頷いた。

「そうだな。まだ全然燻《くすぶ》ってたから、やっぱりどうしても好きだなんて迫《せま》っておまえを怖がらせるのも、また拒まれるのも嫌だなって思ったし。集を忘れられるまでは帰省しないでおこうと思ったんだけど――それより先に、転勤の辞令が出ちゃって」

佑弥の言葉に、集は訊ねたいことがあるのに、うまく言葉にできない。

（それより先に、って。佑弥はまだ、少なくとも、帰ってきた時には、俺への気持ちを忘れないでいてくれたのかな……）

「正直すごく動揺して、それで様子がおかしいことに気づいた友達に……こないだ来た奴らにな、酔い潰されて吐かされたんだ。地元に好きな子がいる。でもこっぴどく振られて戻るのがしんどい。未練があると思われたくないんだ、って。自分が辛いのもそうだし、相手を悩ませるのも、嫌な思いや怖い思いをさせるのも、もっと嫌だから」

「……」

「そうしたら半《なか》ば悪のりで、『彼女がいる振りすればいいじゃない』『何なら一人じゃなくて二人くらいいることにしちゃえば』って」

「……振り……だったのか？」

「俺に二股とか、そんな器用な真似できるわけないだろ。そのくらいに言っておけば、未練なんて相手が感じないだろうからって、本当に悪のりでさ」

苦笑しつづける佑弥は、再会以来取り続けてきた突慳貪《つっけんどん》な態度がなりを潜《ひそ》めて、昔のままの様子に見える。

全部、演技だったのだ。素っ気ない態度も。女に慣れたような軽い態度も。

やっとそう気づいて集は愕然《がくぜん》とした。

「……合コン荒らしっていうのは？」

「いや、それはまあ、俺が参加すると場がちょっと乱れたりはあったけど」

佑弥は少し言い辛そうにしていた。二股はないにしろ、合コンに出ていたのは本当らしい。

口振りからして、おそらく佑弥を取り合う女が存在したのも嘘ではないようだ。

「自棄になってるところもあったから……でもほとんどは、こないだの奴らとか、その友達と飲んでただけだよ。俺は遊びで誰かと付き合うようなこと、どうしてもできないし」

佑弥がそういう性格だと、誰より集が知っていた。

何ひとつとして、佑弥は変わっていなかったのだ。会わなかった二年の間も。

「とにかくそういうことにしとけって、あいつらに言われて。集に対してどんどん話を盛り出すから、内心焦《あせ》ってた。あとで聞いたら、あれ、当てつけてるつもりだったらしい。俺に美人が二人もまとわりついてたら、誰だかは知らないけど田橋君を振った馬鹿な子が、逃した魚は大きいって気づくだろうって」

彼女らがこれ見よがしに佑弥にまとわりついていたのも、男友達が合コン荒らしをやたら強調していたのも、そういう魂胆《こんたん》があったせいだったらしい。

「……気づいたよ」

小声で呟いた集に、佑弥が首を傾げた。

「え？」

「佑弥を振った馬鹿な子は、逃がした魚が大きいって、気づいたよ」

佑弥は黙って集を見た。集は佑弥を見返すことができなかった。

「……佑弥が俺の知らない女にべたべたされてるの、嫌だった。佑弥が変わったみたいに見えたのも嫌だったし……それ以上に、他の女と、男とでも、俺より仲いいみたいな態度見せつけられるの、嫌だった」

俯《うつむ》いていても、じっと、佑弥からの視線を感じる。

「……やきもちか？」

そんなふうに改めて口に出されると、恥ずかしくて腹立たしい。佑弥に対してではなく、あの時気づかなかった自分に腹が立った。

「ふ、振っておいて、勝手だって、佑弥は言うし、自分でも思うけど。でも嫌なものは仕方ないだろ。あの時俺、佑弥を振ったつもりなんてなかったんだ。……じゃなくて、振ったわけじゃないって、思いたかったんだ」

説明するが、佑弥にはうまく伝わらなかったらしい。おそるおそる相手を見遣ると、相変わらず首を捻《ひね》っている。

集はもう一度俯いた。

「……佑弥は、格好いいし、優しいし、頭いいし。普通に可愛い彼女ができてあたりまえなのに、男の……俺なんかと、そういうふうに付き合ったら、周りの人からどれだけ悪く言われるかって考えたら、嫌で」

コツコツと、佑弥の指先が集の気を惹くようにテーブルの上を叩く。

「なあ、俺なんかの『なんか』って、どこにかかってるんだ？　それ如何《いかん》によっては、俺は、集に怒らないといけない気がする」

「……俺自身のことじゃないよ」

佑弥は集が自分を卑下《ひげ》するのなら、叱ってくれるつもりなのだろう。集は小さく首を振った。

「ただ、俺は……っていうか、うちは、ただでさえ周りからいろいろ言われる立場だろ。俺は、俺の親のことだから、自分があれこれ言われるのは仕方ないと思ってる。それだけのことをしたわけだし」

佑弥が何か言おうと口を開く気配がする。集はそれを遮《さえぎ》るように言葉を続けた。

「罵倒《ばとう》されて当然とか、無関係の奴らに噂されて嫌な気持ちになるのを堪えなくちゃいけないとまでは思わないけど。仕方ない、って聞き流すことは、自分のことだからできるんだ。でも、佑弥がそういう立場になったらって、想像するのも嫌で……」

「わかるよ」

必死に説明を試《こころ》みる集に、佑弥が頷くのが、俯く集の視界にも映った。

「俺も同じだ。集が人に悪く言われてたら嫌だし、腹が立つ。許せない」

「だから……」

「でもな。俺の親とか、親しい友達は、絶対に俺を悪く言わない。俺のことをよく知らない奴は好き勝手言うこともあるだろうけど、でも無関係な奴に何言われたって……まあ、まったく傷つかないとは言わないし、煩《わずら》わしい気持ちにはなるだろうけど、でもそれだけのことだ」

佑弥はそう言い切る。

言い切ってから、もう一度、コツコツとテーブルを叩いた。ちゃんと聞け、と言うように。

「俺はさ、集。無関係の人に『あいつは男が好きだから気持ち悪い』って言われるより、集にそう言われる方が、よっぽど傷つくよ」

「――――」

言われて初めて、集はそれに気づいた。

そんな簡単なことに思い至らなかった自分に、愕然とする。

「……ごめん……」

謝る端から、どっと涙が溢れてきた。

「ごめん、俺……、……ごめん……」

傷つけた自分が傷ついた相手の前で泣くのは卑怯でしかないと思うのに、集はそれを止められなった。せめてみっともない泣き顔だけは見せたくなくて、テーブルに突っ伏した。

なのに頭を撫でてくれる佑弥の仕種が優しくて、余計に泣きたくなる。

「そっか。あの時、もっとちゃんと話続けるべきだったな。冷静に考えたら、おまえが俺にあんなふうに言うのはおかしいって気づいたんだろうけど……俺も色々切羽《せっぱ》詰まってて……」

自分が悪いだけなのに、謝ってくれる佑弥に、集は突っ伏したまま必死に首を振った。

「俺が、ひどい言い方して、佑弥を、傷つけたから」

「でも集は、俺を守ろうとしてくれてたんだよな。気づけなくてごめん」

しゃくり上げる集の頭を、佑弥の手が根気よく撫で続ける。

「集が俺のことまで諦めてるなんて、気づかなかった。俺は集がいろんなこと諦めた顔してるのがいつもすごく悔しくて、だからおまえのこと守りたいってずっと思ってたのに……ごめんな」

佑弥が撫でてくれる手にほっとする。ほっとしてしまう。全然大人になれない。

この手があるなら何でもいいじゃないかと、そう思ってしまいそうになる。

「で……一個、確認しておきたいんだけど」

少しだけ探るような声音になって、佑弥が集に呼びかける。

「俺が悪く言われるのを心配したっていうのは……さっき集、『俺と付き合ったら』って言ってたけど、周りに悪く言われなければ付き合う気があった……ってことで、合ってるか？」

「……」

「最近の集、わざと俺を挑発するようなことしてる気がして、でもそれは俺がまだ集のこと好きだから過剰《かじょう》に反応してるだけだと思って頑張って無視してたんだけど、やっぱりどうも誘惑……されてる感じで」

誘惑、という言葉に、集は泣いているせいだけではなく目許《めもと》が熱くなるのを感じた。

改めて言われると、自分がとんでもないことをしていたような気になってくる。

「俺の気を惹こうとしてるらしいのはわかったけど、前にあんなに否定したくせに何でだよって混乱して、馬鹿にされてる気までしてきて、ちょっと腹が立ったんだけど」

「ば、馬鹿になんて、してない」

そこを誤解されたくはなくて、集は泣きじゃくった顔を上げて、佑弥に訴えた。

集を見返して、佑弥が頷く。ふとその口許が綻《ほころ》んだので、泣き顔を笑われたと恥ずかしくなったが、もう一度顔を伏せるより先に指先で目許に触れられる。その触れ方がまたあまりに優しくて、あまりに愛情に満ちたものだったから、集は泣くのを忘れて佑弥の指の感触に浸《ひた》ってしまった。

「うん。集がそんなことするわけないのは知ってる。知ってるけど、本当にわけがわからなくて、『今さら惜しくなった』って言われた時、保護者の俺を引き戻したいからだ、そんなの都合がよすぎるって、やっぱり思ってしまって」

「……違う」

うん、ともう一度佑弥が頷いた。

「二年前に、集が俺と同じ気持ちでいてくれたなら、『今さら惜しくなった』のは保護者の俺じゃなくて、恋人の俺……ってことで、いいのか？」

恋人、と言う時に照れたりしないでほしい。集までそんな佑弥に釣られて、やたら気恥ずかしくなってきてしまう。

「……好きとかは、あの時は、分からなかったけど……」

じっと、佑弥がまじめな、少し緊張した面持《おもも》ちで集を見ている。

集の方は、結局恥ずかしさに耐えかねて、目を伏せてしまった。

「でも好きだって言ってもらって、佑弥と付き合うことを無意識に想像した上で、周りの反応を気にするくらいには……多分……」

「……今は？」

答えを促す佑弥の声は、緊張を孕《はら》んでいるのに、少し甘い。唆《そそのか》す響きにも聞こえる。

「……好きだよ」

はっきり告げるつもりだったのに、喉《のど》に力が入らず、集の声は囁くような響きになってしまった。

「俺だって佑弥が大事だと思ってるし、他の奴といちゃついてたら、嫉妬もするし、そばにいると落ち着くし、嬉しいし……でも……」

「でも?」

「……改めて聞かれると、恋人とかいうのは、どんなものかっていう……」

佑弥が大事なのは昔からだ。舞彩の彼氏の話を聞いて、自分にも好きな人がいると言えるくらいには、特別になっているとも思う。

でも想像がそこで止まる。精一杯佑弥を『誘惑』しようとしても相手に凭《もた》れかかるのがせいぜいという集は、恋人という言葉に迫力負けしてしまう。

単に、壮絶に照れてしまうだけなのかもしれないが。

少し落ち着いて考えようと、濡れて腫《は》れぼったくなった目許を擦《こす》りかけた時、その手を向かいから佑弥に掴まれた。

なぜか体が震える。咄嗟に手を引きそうになるが、指に指を絡《から》めるように握り込まれて、逃げられない。

「触ってもいいいか?」

「え？」

訊ねてきた割に、返事は必要としていなかったらしく、佑弥は集が何も答えられないうちに、二人の間にあったテーブルを向こうへ押し遣った。佑弥が距離を詰めてきて、間近で向かい合う格好になる。

「恋人がどんなものかって。俺も確かめたい」

そう言うと、佑弥は集の手を握ったまま、空いた方の手で集の左胸の辺りに触れてきた。

どうやら集の心臓の音を確かめているらしい。

「……なんか、恥ずかしいんだけど」

目許や耳が熱くなり、集は俯いた。俯けば胸に触れている佑弥の手が視界に入るので、仕方なく目を閉じる。

佑弥は集の鼓動がどうなっているのか確かめたいだけで、他意はないのだろうが、胸に触れられているということを、集は妙に意識してしまう。

(女の子でもあるまいし)

滅茶苦茶に心臓が跳ねている。

それを佑弥に知られることが恥ずかしくて——気持ちいい。

「……集」

集の名前を呼ぶ佑弥の声が間近で聞こえた。佑弥は集の方へさらに身を寄せていて、耳許で

囁く声はさっきよりももっと甘くなっている。

胸から佑弥の手が離れ、ほっとするのも束《つか》の間、今度は顔を上げられない集の頬にその手が当たる。

優しい強引さで、顔を上向けられた。集は閉じていた瞼《まぶた》にぎゅっと力を籠める。

唇に何か当たった。何かなんて考えるまでもない。キスされている。

(佑弥と、キスしてるんだ)

そう考えて、その感触を味わうと、ぞくぞくと震えのようなものが集の背中に走った。

「……あの時、こうやって無理矢理にでもキスとかしておけば、集の気持ちがわかったのに」

しばらく触れていた唇を離しながら、佑弥が呟く。

呼吸を詰めていた集は、佑弥が離れてほっとしたような、物足りないような気分で、細く息を吐いた。

「あと、もうひとつだけ聞いていいか?」

まだ涙の渇《かわ》ききらない集の目許を指で拭《ぬぐ》いながら、佑弥が訊ねてくる。

「俺のこと好きなのに、どうして『佑弥がいなくても生きてけるようになる』って話になるんだ?」

佑弥に対するその宣言が、客観的に聞くとやけに大仰《おおぎょう》だった気がして、集は気恥ずかしくなった。

「だから……その時も言ったけど、俺はずっと佑弥に頼り切りだったし、それで佑弥に見捨てられたんだろうって思って。保護者扱いするなって言うし……」

「そりゃあ俺は、集の保護者じゃなくて、恋人になりたかったわけだし」

「……で、俺が自立した大人の男になれば、佑弥に負担かけたり、保護してもらわなくてもやっていけるし、そうしたら佑弥とまた一緒にいられるんじゃないかと、俺なりに考えて……」

「……」

佑弥が集の方に凭れる、というか、倒れかかってきた。集は慌ててそれを受け止める。

「佑弥？　どうした？」

「俺は多分、悪くない……それ、まるっきり逆の意味に聞こえたぞ……？」

「逆って？」

「俺はもういらないって宣言かと」

「ち、違う」

さらに慌てて、集は首を大きく振る。

「挙句倉田さんと集が結婚を前提に付き合ってるなんて話を、母さんから聞かされて」

「違うって、舞彩は、彼氏いるから！　っていうか、そんなのいようがいまいが、俺は……佑弥が、好きだから」

佑弥が落ち込んでいたのは、それでだろうか。

誤解させて悩ませたのが申し訳なくて、自分でも驚くくらい恥ずかしくなったのをどうにか堪えつつ、はっきりと気持ちを伝えてみる。

元気を出してもらいたかったのに、佑弥は身を起こすどころかさらに集の方に凭れてきたので、ますます慌てた。

「何だか俺は、早とちりばっかりだな……」

大きく溜息を吐いてから、佑弥がやっと身を起こす。

その顔が、苦笑とはいえ笑っていたので、集は少しほっとした。

誤解を解いておきたくて、集はこの間から自分や舞彩たちがやっていることを、かいつまんで佑弥に告げた。

集が話せば話すほど、なぜか佑弥が頭を抱えていく。

「なるほど……そうか、そういう話をしてたな、倉田さん。俺は集が『デートなんか行くな』って言ったことの意味について考えてて、それどころじゃなくて……悪いことした」

「俺も、舞彩たちがやろうとしてることとか、佑弥の仕事のこととか知らなかったから、デートだって思い込んでた。ごめん」

「集は俺の仕事に興味ないよな。この間何の仕事してるんだって聞かれて、ちょっと驚いた」

「……あんまり、知りたくなかったし。佑弥を余所《よそ》に取ってく仕事のことなんて」

我ながらみっともない嫉妬だから、小声になってしまう集を、佑弥が出し抜けに抱き締めてきた。

集は驚きつつ、そうされることが嫌ではなかったし、それ以上に気持ちよかったので、されるに任せて相手に凭れる。

「そっか。俺が話そうとしても集逃げちゃって。だから興味ないのかと思って、焦ってた。早く成果を出してからじゃないと聞いてもらえない気がして、それで、必死に就職活動してたんだ」

あの頃、熱心に就職活動をする佑弥の姿を見るほど、この町から——自分から離れることになるのに、それを一生懸命やっている気がして、嫌だった。

でも成果が出るまで話せないと思う気持ちは、少なくとも今ならわかる。今の集もそうだったからだ。

「会社にちゃんと受かったら、集に気持ち伝えて、仕事のことも説明して、必ず戻ってくるから待っててほしいって話すつもりだった」

その前に、集が手酷《てひど》い言葉で佑弥の告白を冗談にすり替えてしまったから、佑弥はそれ以上説明できないまま、この土地を離れていってしまったのだ。

「ごめん……本当に……」

お互いがお互いを一番わかっていると思っていたくせに、肝心なところが通じ合っていない。

「あとでちゃんと、話すよ。俺が何で東京に行ったのか。集ももっとたくさん教えてくれ、今倉田さんたちとどういうことやってるのか。多分、力になれると思うから」

「あとで？」

話すなら、今の方がいいんじゃないかと思って、集は佑弥の腕の中で身動《みじろ》ぎ、顔を上げる。

佑弥と至近距離で目が合ったと思った瞬間、また唇を重ねられた。

「……ごめん、今は、話す余裕ない。……集に、こうしてたい」

何度も集にキスしながら、佑弥が囁く。

「……ん」

集も頷いて、今は話すことよりも、ただ触れたいまま佑弥に触れることを選んだ。

「本当に、ずっと、集のこと好きだった」

今まで押し殺していた分の気持ちを吐き出すように、キスの合間に佑弥が言う。

「ごめん……」

二年前にこうすることができれば、自分も佑弥も、余分な辛さを味わうこともなかっただろう。

そう悔やむ集に、佑弥が笑った。集が昔からずっと好きな、佑弥らしい、優しい笑顔だった。

「謝るより、集も」

促してくる言葉は、今の集にとっては少し意地が悪く感じられるものではあった。

「……俺も、好き」

恥ずかしさに喘《あえ》ぐようにそう呟く集に、佑弥はもう一切の遠慮を見せず、また何度も何度もキスをした。

8

「初めは東京本社で経験を積んで、そのうち地元に帰ってくるつもりだったんだ。希望通りこっちに戻ってこられなかったら、別のところに入り直してもいいと思ってたし」

長いこと、気が済むまで――いや、どうやっても離れる時には未練が残ったのだが――触れ合って、集《あつむ》が息切れするのを見た佑弥《ゆうや》がやっとキスを止めてから、そう打ち明けてくれた。

「本当言えば、俺もニシキを手伝いたかったけど、じいちゃんに話してみたら『この店は先がないから駄目だ』って割ときっぱり断られたんだよな」

「え……全然、知らなかった」

佑弥からは聞いていないし、祖父も集には言わなかった。

佑弥は、「どうも俺は、空回りするよなあ」と苦笑いしている。

「それで、先がないから駄目っていうなら、先があるようにするにはどうすればいいのかを考えて、結局ニシキだけをどうにかしようとしても難しいから、いっそ地元ごと盛り上げる方にできないかなと思ってさ。町おこしの事例なんかを調べてくうちに、そういうのを商売としてやってる会社があるのを知って、これだ、って」

つまりは集たちが今やっているようなことを、佑弥はとっくに始めていたらしい。

「こっちで公務員やった方が確実に集のそばにいられる気もして迷ってたから、きちんと決めたのは就職活動の直前で、難しいところだから受かるかもわからなかったし、集は聞きたがらなかったから黙ってたけど……受かって、希望どおり東京本社に配属になったから、集に告白して」

そして集がそれを拒《こば》んだので、佑弥は自分の考えを集に説明できないまま、東京に行くことになってしまったのだ。

「集と一緒に人生やってく予定を勝手に立てて、勝手に東京に行くって決めてたのに、そこから集の存在が抜けてしまって、じゃあ何で俺は一人で東京にいるんだよって、自棄《やけ》になってこないだの奴らと一緒に遊び回ったり、仕事自体はやり甲斐《がい》があるんだからって滅茶苦茶《めちゃくちゃ》に打ち込んでみたりするうちに、上の人に目を掛けてもらえるようになって、『おまえ入社試験の時に地元でやりたいって言ってたよな、もう行っていいぞ』って言われて、予定よりずいぶん早く戻ってこられちゃって」

二年で戻ってきてしまったのは想定外だったようだが、集にとってはラッキーだっただろう。多分今となっては、佑弥にとっても。

「俺の気持ちが報《むく》われなくても、集のためにできることはしたいから、仕事は頑張ってたんだ。でもこの町は観光協会の力が強くてなかなか入ってけないから、どうやって牙城《がじょう》を崩すか先輩と智恵を出し合ってる最中で」

「……それ、俺たちが噛んだら、少しはうまくいく？」

集が訊ねると、佑弥が大きく頷いた。

「よし、その辺を、改めて相談してみよう。今度話し合いがあるなら、俺も混ぜてくれ。正式に会社として絡《から》むわけじゃないから、とりあえずは個人としてになっちゃうけど」

つい先刻まで甘ったるくキスと告白を繰り返して、今も集が佑弥に凭《もた》れるようにして抱き合ったままなのに、何だか真面目な話になってしまった。

お互い顔を見合わせて苦笑する。

「……でも、よかった。結局集に繋《つな》がる。俺がやってたことは無駄じゃなかったんだな」

そう呟く佑弥が、この二年間どんな思いをしていたのか、想像したら集は泣きたくなってくる。

「俺は、集の役に立てるかな」

「……今さらだ、そんなの」

「待たせてごめんな」

そう言って笑う佑弥の顔は、もう昔のままで、崩れようがない。

いや、昔一緒にいた時よりも、もう少し幸福そうに見えるから、集も嬉しかった。「これでもう集に冷たい振りしなくてもいいんだよな」と肩の荷が下りたように言うから、申し訳なくもあった。集に突慳貪《つっけんどん》に接するのは、相当な努力が要《い》ったらしい。

「俺もごめん。無理させて」

本心から謝ったのに、なぜか佑弥には笑われてしまった。

「うん。俺が集に冷たくするのなんて本当に無理だから、もうやらない」

どう答えていいのかわからず、集も一緒になって笑ったあと、なぜかまた猛烈に恥ずかしくなって、佑弥の肩口に顔を埋《うず》めた。

佑弥があたりまえのように抱き締めてくれたから、無性に幸せだった。

◇◇◇

喫茶店の話し合いに、佑弥もたびたび加わるようになった。

そのおかげで、集たちが素人《しろうと》なりに計画していた町おこしが、より具体的なものになっていった。

皆佑弥を頼っていて、それが集には誇《ほこ》らしい。かといって佑弥任せにするわけにはいかないと、集もさらにやる気を出した。

「コンテンツのクオリティも勿論大事だけど、一番は宣伝なんだ。やっぱり話題になれば、共有することに楽しみを見出す層が食いついてくれるし」

話し合いのない日も、集は佑弥の部屋に上がって、あれこれと講釈を受けた。佑弥は自分の仕事もあるのに、それ以外の余暇を集たちのために使ってくれている。

「とはいえ宣伝する材料がなかったらスタートもできないし、コンテンツを作る側と、宣伝する側と、完全に分担してやった方が効率はいいから……」

――講釈だけではなく、集の手を握ったり、合間合間にキスしてきたりということにも、佑弥は空《あ》いた時間を使ってはいるが。

「……そういう、宣伝とかを、佑弥がいる会社に頼めれば手っ取り早いんだろうな」

集はされるまま、ベッドに寄りかかる佑弥に背中で凭れている。後ろから抱きかかえられる感触も、首筋や頬に唇をつけられる感触も、気持ちよかった。

「うちが関わると、コストがかかるのもそうだけど、観光協会の方の口出しが大きくなっちゃうからなあ。もうちょっと外堀を埋めてから提案した方が――」

「佑弥、集、ごはんよー！」

階下から寛子《ひろこ》の声が聞こえた途端、集は反射的に体を揺らし、慌てて佑弥の腕の中から這い出た。

「――そんな、慌てなくても。母さんは部屋までは覗かないって」

集の慌てように、佑弥が苦笑している。

「いや、でも……急にドア開くことあったら、困るし」

もごもごと、言い訳のように集は呟いた。佑弥こそ困ったように笑ったが、あとは何も言わず、寛子に呼ばれるまま夕飯を食べるために部屋を出た。集もそれに続く。

（おばさんは、やっぱり、佑弥には普通に女と結婚してほしいだろうし……）

東京の女友達があれ以降音沙汰ないことに寛子は落胆していた。地元の女の子と交流が目立ってないことにも。寛子が（多分宏則《ひろのり》も）佑弥に『まっとうな』結婚を望んでいる以上、今の佑弥は親不孝者だ。

そしてその片棒を担《かつ》いでいるのは、集だ。

「行こう、集」

ぼうっと考え込んでいた集は、佑弥に手を取られて我に返った。咄嗟《とっさ》に、自分の手を引っ込めてしまう。

子供の頃は竦《すく》みがちな集の手を、こうして佑弥が引っ張っていってくれることがよくあったが。

「行こう？」

佑弥は集の態度に何も言わなかった。集もただ頷いて、佑弥に続きその部屋を出た。

◇◇◇

店の営業を終え、後片付けを祖父に任せて、早めに会社から戻ってきた佑弥と共にいつもの喫茶店に向かう途中、集は通りすがった洋品店のショーウインドウに映った自分と佑弥の距離が近すぎることに気づいて、さり気《げ》なく、一歩相手から離れた。

「――集」

佑弥が気懸かりそうな顔で口を開き掛ける。

「あ、仁敷《にしき》、田橋《たばし》先輩、こんばんは」

だがちょうど舞彩《まい》に声をかけられ、その言葉は出ないまま終わった。集は舞彩を迎え入れる素振《そぶ》りで佑弥からさらに半歩遠ざかり、佑弥は愛想《あいそ》よく舞彩に笑いかけながら、彼女を真ん中に三人揃って歩き始める。

(駄目だ……初日に言われたことが、気になりすぎて)

『田橋と仲よくて、いつもべったりだったろ。てっきりデキてんのかと思ってたわ』

悪意なく、そんなことを人に言われた。

集と舞彩が結婚秒読みだとかいうところにまで至った噂は、案の定激怒した舞彩が恋人を引き連れ商店街中に挨拶《あいさつ》したことで一応決着したが、それはそれで、集が舞彩に振られたことになり、舞彩は一部の人たちから『可愛い顔をして男を手玉に取る悪女』などと陰口を叩かれる羽目にもなり、集はすれ違う人全員顔見知りという、閉鎖的な町の怖《おそ》ろしさをひしひしと感じている。

佑弥が、自分と必要以上に仲がいいと見抜かれて、『あいつはオカマだ』などと噂されたら

――と考えるだけで、集は眩暈《めまい》がするほど怖かった。佑弥自身は、身近な人は自分を悪く言わないと断言していたが、赤の他人はやはりどうしても好き放題言うものだ。それは自分と舞彩のことを見ていてわかった。

舞彩の恋人が地元出身ではないというだけで、彼女は『どうせ腰掛けだろ』と元々若手の活動にいい顔をしていなかった商店街の高齢者たちの格好の攻撃対象になってしまった。舞彩が活動の中心になっていたのに、そのせいで代表者を他に立てることにもなった。

舞彩は気にしてないと笑うが、偏屈《へんくつ》なご隠居に『あんた、どうせここ出てくんだろ。あんまり町を荒らさないでくれよ』などと嫌味を言われては、陰で悔しそうな顔をしているのを、集は知っている。

（やっぱり、佑弥を、あんな目に遭《あ》わせたくない）

未《いま》だに自分の姿を見ては、『ああ、あの、ニシキの』と思わせぶりに言い続ける人と遭遇するたび、集はその気持ちを強くせずにはいられなかった。

◇◇◇

店の定休日と、佑弥の代休が重なった火曜日、祖父はコミュニティセンターに出掛け、集は佑弥と二人で自分の部屋にいた。

ここのところ、活動もあって落ち着ける時間がほとんどなかったから、久々に佑弥と二人きりで過ごせる。

「じいちゃんは碁《ご》、うまくなったのか?」

「小学生にも勝てないって言ってた。でも楽しそうだよ」

他愛《たわい》のない話をしながら、集は佑弥と並んでベッドに寄りかかって座り、肩を抱かれるまま相手にも凭れている。

(家の中だから、誰の目もないから、大丈夫……)

佑弥に髪を撫でられたり、唇や目許《めもと》や耳に接吻《くちづ》けられるのは恥ずかしいながらも気持ちよかったが、でも何となく、落ち着かない。

昼日中からこんなふうに佑弥と睦《むつ》み合っているのが、どこか後ろめたかった。

「集」

ともすれば考え込みがちな集の名前を佑弥が呼び、気を惹かれて相手の方へ首を巡《めぐ》らせると、ただ触れるよりももっと深いキスがやってきた。集は相手に合わせてぎこちなく唇を開き、拙《つたな》く舌を動かしたりしてみる。

後ろめたさを感じながらも、佑弥と触れ合う心地よさや幸福に抗《あらが》えない。

「……佑弥って、本当に、俺以外としたことないのか?」

濡れた音を立てながら交わす熱心なキスの合間に、集は気になっていたことを訊ねた。何度か同じ質問をしている。

「ない。したいと思ったこともないし」

「……何か、慣れてるような……」

「頼んでもないのにコツを教えてくれる奴とかがいたから。……やきもちか？」

ストレートに嫉妬しているのかと訊ねられ、集は隠しようもなく目許を赤くしながら、佑弥の足を殴りつけた。殴られたのに、佑弥は嬉しそうに笑っている。

「他にいない。集だけだって」

「……東京にいた間も？」

「うん」

あまりにきっぱり頷くので、正直なところ、逆に怪しかった。東京の人たちが話を盛っていたにせよ、佑弥が飲み遊び歩いていたのは本当らしく、この見た目で、女が寄ってこない方がおかしい。

でも佑弥が他にいないと言い切るなら、しつこく聞き出すところでもないだろう。一度拒んでしまったのは自分なのだから、二年間のことは、浮気でも何でもない。

いるかどうかもわからない女に嫉妬するのも馬鹿馬鹿しいと、どうにか気分に折り合いをつけて、集は佑弥の肩に凭れ直した。

気持ちを伝え合って以来、佑弥はすっかり元どおりの態度になったように思えていたが、少し違う。

もっとずっと集に甘くなって、すっかり遠慮が消え失せた。そうなってからやっと、集は二年前までの佑弥が、自分のそばでずいぶんといろいろなことを我慢していたのだと思い知った。

今はもう、暇さえあれば集に触れて、好きだという気持ちを隠さず、言葉でそれを伝えてきたりもする。

そして集は集で、少なくとも二人きりでいる時ならば、そんな相手の態度にまったく抵抗を感じなかった。というより、佑弥が与えてくれる甘さにどっぷりと浸《つ》かっているのが気持ちよくて、中毒性のある変な薬でも使っている気分になった。

身を寄せ合って、触れ合っているのが幸せすぎて、やめられない。

相手の顔を間近で見て、集はふと首を傾《かし》げた。

「佑弥、髪、大分《だいぶ》黒くなってきたな」

佑弥が地元に戻ってから、二ヵ月近くが経っている。格好いいのは（集の贔屓目《ひいきめ》ではなく）相変わらずだが、戻ってきた直後のような、いかにも『都会人』というような雰囲気が失せているのは、集に向けた軽い男の演技をやめたせいだけではなく、派手な茶髪の根元が元の色に戻り始めているせいもある気がする。

「ああ、そろそろどうにかしろって、会社の先輩にも言われてるんだった。集は、どっちがいい？」

訊ねられて、集は佑弥の髪を見上げた。一房引っ張ったり、指で掻《か》き上げたりしてみる。

「昔の方がよかった気もするけど、最近のは最近ので、別に……」

最初は佑弥が都会に染まってチャラチャラしているとショックだったが、周りからはその外見の変貌《へんぼう》を好意的に見られている。集たちの活動に興味のない一般の奥さんも、女手ひとつで商店街で生きてきた頑固な老女も、佑弥が愛想《あいそ》よく話しかければ、不思議なくらい態度を軟化させるのだ。

「営業っていうか渉外に役立つならいい……のかもしれないけど、でも……」

活動をより円滑《えんかつ》に進めたいのなら、今のままを保ってもらうのが一番だ。それはわかっているが、佑弥が周りの女性陣からちやほやされているのを間近で見るのは、どうも、複雑な気分になる。

――ということを口にすれば、また「やきもちか?」などと面白がって問われそうで黙り込む集の内心を、佑弥は説明されるまでもなく読み取ってしまったらしい。集を見て笑って、いかにも愛《いと》しげな、嬉しそうな表情になりながら、再び集の方に身を寄せてくる。

集は今度も大人しく目を閉じて、佑弥のキスを受けた。唇を唇で食《は》まれ、口中《こうちゅう》を舌で探られて、息苦しくなり唇を開けば、もっと奥まで舐《な》め取られる。呼吸のタイミングを失って呻《うめ》き声《ごえ》を漏らしている間に、今度は脚の方、内腿《うちもも》の辺りに佑弥の掌《てのひら》の感触を覚えて、身を震わせた。

「ゆ、佑弥」

怖《お》じ気《け》づいて相手の名前を呼ぶが、佑弥はそれを黙らせるように集の唇を塞《ふさ》ぎ、部屋着のズボン越しに脚の間を撫でてくる。

一応、知識としてそういう触れ合いがあることくらいはわかっていたし、そこそこ覚悟もしていたつもりだった。

二度と佑弥を拒むような真似をして、佑弥を傷つけたくないと、そういう決意も固めてある。それでも初めて他人に、佑弥にそんなところを触れられる感触はいやに生々しくて、恥ずかしくて、逃げ出したくなった。

怯《ひる》む集を逃がす気は佑弥の方には一切ないようで、キスをしながら腰に回した手で集の体を押さえ込み、反対の手を、ズボンの中へと忍ばせてくる。

下着も乗り越えて、直接性器に触れられた時は、恥ずかしいのと気持ちいいので、どうしたらいいのかわからなくなった。

「嫌か？」

ぎゅっと目を閉じて身を固くする集の耳許で、佑弥が訊ねてくる。吐息が掛かって、ぞくぞくと震える姿は、佑弥にもはっきりわかってしまっただろう。

隠しても仕方がないと、集は小さく首を振る。佑弥が嬉しそうに笑う吐息が耳にかかって、集はまた身震いした。

これで佑弥が手慣れた様子でいてくれればまだよかったのかもしれない。だが佑弥は佑弥で緊張しているふうに、どことなくぎこちない手つきで、だが熱心に集に触れてくるから、集の羞恥心《しゅうちしん》が倍増する。

佑弥の手の中で、自分の性器が張り詰めていく様子がわかって、やっぱり逃げたくなる衝動を抑えるのに苦労した。佑弥の掌が、下着の中で上を向いた性器の先端を擦《こす》り、ぬるりとした感触に、集は自分がだらしなく体液を零《こぼ》していることを自覚してしまう。

性的なことに大した興味が持てず、この年まで自慰すらろくにしてこなかった集にとっては、佑弥にされるこの行為は恐ろしいくらい刺激的だった。

「ん……ッ」

佑弥も集の口をキスで塞《ふさ》ぐ余裕はないのか、それとも声を漏らして呼吸を乱す表情でも見ていたいのか、集を覗き込むようにしている。集は耐えかねて、相手の肩口に顔を押しつけた。佑弥は集の顔が見えなくなったことに文句は言わず、代わりに耳に軽く歯を立ててきた。

「……ぁッ……、あ……！」

その刺激が、擦られ続けている性器にまで繋《つな》がって、集はあえなく佑弥の手の中で射精した。

子供が粗相《そそう》をしてしまったような心許なさに、羞恥心もより湧いてきて、集は浅い呼吸を繰り返す合間に小さく啜《すす》り上げた。佑弥が宥《なだ》めるようにまたキスしてくる。

「……ごめん、佑弥には、してやれなくて……全然、余裕なくて……」

自分ばかり気持ちよくなってしまったことが、余計に集の恥ずかしさを煽《あお》る。

「いいよ。集にしてもらったら、俺も余裕なくて、集の可愛いとこ見られなかったし」

「……何言ってんだ……」

そうしてまた繰り返しキスをしようとした時、突然、階下からガチャガチャと派手な音がした。玄関のドアを開けようとする音だ。

「……!?」

ぎょっとして、集は寄りかかっていた佑弥から身を起こす。

「じ、じいちゃん？　いや、じいちゃんは鍵持ってるし、出掛けたばっかだし」

狼狽《ろうばい》していると、今度は忙《せわ》しなくドアチャイムを鳴らす音がした。

佑弥も慌てたように集の下着から手を抜き出す。行為を終えたまま何の始末もしていなくて、集はこのまま玄関まで出ていくこともできず、さらにうろたえた。

「おーい、集、いないのかー！」

外から、枯れた濁声《だみごえ》が聞こえた。集が大急ぎで壁際に向かい、窓を開けて見下ろすと、顔なじみの鮮魚店の主人がトロ箱を持って家の前に立ってた。

「何だ、いるんじゃねえか。これ、さっきおまえんとこのじいさんに頼まれたから、持ってけ。いいカツオが入ったんだ、夕飯に食べたいってさ」

「え、ええと、金……」

「金はもらってるから。これこのまんまドアの前置いとくぞ、下ろしてないから、田橋んちの奥さんにでも頼んで――って、佑弥もいるんじゃねえか」

集の隣から、何ごとかと顔を覗かせる佑弥に、相手も気づいたらしい。窓を見上げて、なぜか笑い出した。

「何だおまえら、相っ変わらずつるんで。本当に仲いいなあ、ガキのまんまだ」

佑弥の父よりも集の祖父に近い年齢の主人が、濁声の笑い声を残して、家の前から去っていく。

集は複雑な気分で窓を閉め、部屋を出た。玄関に向かい、外に置いてあるトロ箱を家の中に引き入れる。

台所に入り、手を洗ってトロ箱の中身を冷蔵庫に移し終えた頃、気づけば佑弥もそばにいた。背中から抱き締められるが、集は俯《うつむ》いて首を振った。

「……また、誰か来るかも」

「もう来ないよ。玄関ちゃんと鍵、かけたろ」

佑弥は集の躊躇《ちゅうちょ》にも、おそらくその理由にも気づいている。

宥めるような仕種で佑弥が集の頭を撫でた時、またガチャガチャと玄関のドアノブが動く音がしたので、集は飛び上がるくらい驚いた。続けてドアチャイムが鳴る。

集は仕方なく佑弥の腕を擦《す》り抜けて玄関に向かい、ドアを開けた。顔を見せたのは寛子だった。

「何だ、いるんじゃない。佑弥もいる？」

「う、うん……」

「あんたたち今日、夕飯どっちで食べるの？　今ちょうど買い物から帰ってきたら、魚正《うおまさ》さんとすれ違って、カツオの塊《かたまり》おじいちゃんが買ったって」

「ええと……」

集は何の始末もしないまま、濡れた下着の感触が居心地悪くて、それが相手にばれたらと思うと気が気ではなく、しどろもどろになってしまった。

「うちで喰うよ、じいちゃん多分うちの分も買ってくれたから、刺身にしてくれ」

佑弥も玄関にやってきた。さっき集が冷蔵庫にしまったカツオをトロ箱に入れ直して運んでいる。

「あらそう、じゃあ薬味《やくみ》買ってきて、土佐造《とさづく》りにして、あと何にしようかしらねえ」

寛子はトロ箱を受け取り、夕飯の献立《こんだて》について思案しながら、田橋家の方に戻っていった。

立ち竦《すく》んで動けない集に代わり、佑弥が玄関の内鍵を閉めている。

「やっぱり……おばさんは、驚くよな。こんなことになってたら」

佑弥の様子を見ながら、集は小声で呟いた。

「どうだろう。母さんは、大丈夫じゃないかな」

思い詰めたようになってしまった集の声音に対して、佑弥の方はいつもと同じ調子だ。

「でも、嫁が来るの、楽しみにしてたぞ。佑弥が出てったあとずっと」

集が言うと、さすがに佑弥も少し困った顔になる。

「まあ、打ち明ければ驚くだろうし、多少は困るかもしれないけど、そんなの、たとえば俺が急に東京でロックスターになりたいとか言い出すのと、同じ程度の困り方だと思うぞ」

佑弥のたとえ話が、集にはよく理解できなかった。

「何だそれ……っていうか、そんなこと言い出したら、絶対止めるだろ、普通」

「そう、最初は止めるだろうけど、最終的には俺の意志を尊重してくれる。万が一反対されっぱなしでも、俺は本当にロックスターになりたかったら、成功してその姿を見せるしか、説得する方法はないって思うだろうし」

「……」

「だから、困るとしても、そういうものだよ。他の問題だって同じだ。人同士の意志があればぶつかることもあるし、相手が大事ならいずれは解決できる。俺と集だって、そうだろ?」

佑弥の言い分がわからないわけではない。

でもきっと、佑弥は人の悪意とか、悪意にもならない無神経さを、まだ甘く見ていると、集は思う。

「でも……できるなら、知られたくない」

佑弥のためにと言ってしまえば、佑弥は自分なら平気だと言うだろう。

（結局平気じゃないのは、俺なんだ）

佑弥自身が誰かに傷つけられることに耐えられても、集は耐えられない。佑弥のためと言いつつ、自分の都合なのかもしれないと思ったら、集はそれ以上は何も言えなくなってしまった。

「……そっか。集がそう思うなら」

だが、佑弥は優しく引き下がってくれる。

集はさっきまでの幸福や心地よさを見失って、ひどく心細くなってしまった。

◇◇◇

（結局俺が強くなって、佑弥が平気だって言うことには割り切れるようになればいいのか……）

翌日、まだ活動は実を結ぶ気配もなく閑古鳥《かんこどり》の鳴く店で番をしつつ、集は暇に厭《あ》かせてそんなことを悩み続けた。祖父はゆうべのカツオのたたきがうまかったせいか、また酒量を過ごして、昼になろうとしているのにまだ寝床にいる。どうせ人も来ないので、起こさずにおいた。

（また前みたいに、俺は佑弥を守るつもりでいて、本当は佑弥の気持ちを無視してることになるのか……）

しかしやっぱり、佑弥が口さがない人たちにあれこれ勝手なことを言われるのが、集には我慢ならない。

（幼馴染み同士がただ仲がいいって、見た目だけ留《とど》めるわけにはいかないもんかな）

ぼうっとレジ台に頬杖《ほおづえ》をついて考え込んでいたら、店に客がやってきた。集は慌てて背筋を伸ばして、できる限りの愛想のよさでそれを迎え入れようとしたが、入って来たのは観光客などではなかったので、内心すぐに落胆した。

「あら、おじいちゃんは？」

おじいちゃん、などと言うが本人は祖父と変わらない老齢のご婦人だ。相手の顔を見て、集は「うわあ」と声に出さないように苦労した。

見た目がおかしいわけでも、言動がおかしいわけでもないのだが、困った趣味のある老人だ。

「いや、俺一人です」

訊ねられたことを微妙にはぐらかして答えたのは、相手がとにかく噂を撒《ま》き散らすのが好きなタイプだからだ。今は代替わりした写真屋の元女主人で、顔が広く、フットワークが軽い。

「あらそう、まあいいわ、集君、倉田《くらた》さんとこの舞彩ちゃんとはちゃんと別れたの？」

そしてろくな前置きもなく、これだ。

「別れたというか、付き合ってませんから」

「まあまあそうなのね。それで田橋さんとこの佑弥君は？　いい人なんかはいないのかしら」

来たぞ、と集は身構える。

「いないんだったらほらこれ、ちょっと、集君から佑弥君に渡してくれないかしら」

いそいそと相手が鞄から取り出した封筒が何なのか、集はすぐに見当がついた。見合い写真だ。しかもひとつやふたつじゃない、束になっている。

相手は町内でも有名な見合いの斡旋《あっせん》好きの老人だった。独り者の男女を自分の手で結びつけることに生き甲斐《がい》を感じていて、陰で斡旋婆さんなどと呼ばれている。

「佑弥君ほら、いい大学出て、東京で就職して、それであの男前でしょ。みんな欲しがってるのよねえ、田橋さんちは跡継ぎが必要な家ってわけじゃないでしょ、婿養子《むこようし》に欲しいっておうちもいくつもあってね」

「いや、佑弥、まだ結婚とか考えてないと思います」

精一杯気を張って、集は果敢にも老人に告げた。

「まあそんなこと言って、佑弥君もう二十五でしょ。女だったら嫁《い》き遅れって言われる歳よ、そりゃあ都会なんかじゃ晩婚も流行《はや》りなのかもしれないけど、やっぱり男だもの、しっかりお嫁さんもらって、一家の大黒柱になってこそ一人前ってもんでしょう？　なのに田橋の奥さんたら、『息子のことは息子が決めますから』なんてのらくらしてるから、あたしも困っちゃって。ちゃんと考えなきゃ駄目じゃない、ねえ？　集君からも言ってあげないと、お友達なんだから」

しかし相手は、もう集に口を挟む隙など与えずに捲《まく》し立てている。

そして彼女の言うことは、確実に今の集にダメージを与えた。

「そうそう、集君にも、ちょうどよさそうな人がいるのよ。あなた、おじいちゃんだっていつまでも元気にしてられるわけじゃないんだから、早くひ孫の顔見せて、安心させてあげなきゃ。ほら、この人ね、バツイチで子供がいるけど、しっかり者でね」

「いや、あの、俺も見合いとかそういうのは、ちょっと……」

理屈で答えようとしても無駄なのかもしれない。集は理由など出さずにひたすら断ることにしたが、思いのほか早く相手がハッとした顔になって口を噤《つぐ》んだ。

「そ、そうよね。舞彩ちゃんのこと、諦められないわよね。おばちゃんは応援してるわよ、余《よ》所《そ》の人なんかに取られたんじゃ格好つかないものね、頑張って。何かあったらすぐに相談してちょうだいね、女の子の好みのものとか、おばちゃん、詳しいわよ」

一方的に集を励《はげ》まし、言いたいことだけ言って、招いてもいない客が去っていった。

抜け目なく、見合い写真の束をレジ台の上に置いていっている。集はそれを店の紙袋に放り込んで、隅に押し遣った。勿論佑弥に見せる気などない。あとで写真屋の郵便ポストにでも突っ込んでおいてやる。

（つ、疲れた……）

当《あ》て擦《こす》りや罵倒《ばとう》をする人よりも、あの手の善意の塊を身にまとっている人の方が厄介《やっかい》なのは、集も経験上理解している。

（でもやっぱり、結婚して子供を作るってのが、ここじゃ普通なんだよな……）

普通にしていなければ、ああやって親切心からお節介《せっかい》を焼かれることもある。

気づけば集の高校時代の同級生のうち、大学に行っていない者の半数がすでに結婚していると先日舞彩から聞いて、愕然《がくぜん》とした。

この町で、『いい歳』をして独り身なのは、肩身が狭い。親切な人たちが放っておいてくれない。

（東京とか行ったら、人のことなんかあんまり気にしない感じなのかな……）

ふと、佑弥が最近まで暮らしていた土地のことが集の頭に浮かんだ。

テレビやインターネットを見ていれば、今どき結婚をせず生きていく人などありふれているように感じる。同性婚なんかも話題になるご時世だ。

なのにやたらその手のことが噂になるのは、余計なくちばしを突っ込まれるのは、ここが田舎で、狭い土地だからだろう。

いっそここを出て、佑弥と二人で東京に行ってみたら、どうなるだろう。そう想像してみようとするが、まるで現実感がなく、うまく思い描けなかった。

（大体、じいちゃんがいるし。出てけるわけない）

そう考えた時、不意に、

『おじいちゃんだっていつまでも元気にしてられるわけじゃないんだから』

という先刻の老人の言葉を思い浮かべてしまって、集は何か冷や水でも浴びせられたような心地になった。

（何考えてんだ、俺）

決してそんなつもりはないのに、まるで祖父の死を想像するような――それを望むようなことを考えかけた気がして、猛烈な罪悪感に襲われる。

祖父がいなくなることなんて、まだ全然、考えたくもないのに。

（斡旋おばさんのせいだ、くそ……）

考えすぎて頭が痛くなったまま、集はその日の営業時間を終えた。よろよろと閉店作業をして、店から住居へと戻る。

「じいちゃん、晩飯どうする？　何か食べたいものあるか？」

昼に部屋を覗いた時、祖父は起き上がってラジオを聞いていた。宿酔《ふつかよ》いが酷《ひど》いようで、しきりに頭が痛いと訴えていたから、ドリンクや水を買ってきてやったのだが、調子は戻らなかったようで、部屋から出てきていない。

「食欲ないなら、おかゆか雑炊《ぞうすい》でも作るけど」

廊下から声をかけるが、返事がない。また眠ってしまったのだろうかと、なるべくそっとドアを開けた集は、部屋の中を見て動きを止めた。

「――」

祖父が、布団ではないところで、俯《うつぶ》せに倒れている。

布団は酷く乱れていて、畳《たたみ》には爪で引っ掻《か》いた痕《あと》が残り、あちこちに嘔吐《おうと》したものが散らばっている。

「……じいちゃん」

俯せになった祖父は、しきりに呻《うめ》き声《ごえ》を上げていた。

「じいちゃん？　じいちゃん‼」

明らかに様子がおかしい。ただの宿酔いじゃない。集が声をかけても返事がなかった。上を向かせると、酷い脂汗《あぶらあせ》を掻き、顔が土気色《つちけいろ》になっている。

集は頭が真っ白になった。

「どう……しよう、じいちゃん……、医者……」

うろたえて、わけがわからなくなりながら、集はポケットを探った。携帯電話を取り出そうとしたが、店にでも置いてきたのか出てこない。

がくがくする足を必死に動かして居間に向かう。壁際の電話を取ったはいいが、咄嗟《とっさ》にかけるべき番号が思い出せなかった。

「何で――何で」

自分がどうすべきかが考えられず、寛子たちに助けを求めようとやっと思いついて、集は家を飛び出した。

「うわっ、集？」

勢いよく玄関のドアを開けたら、驚いた顔の佑弥がいた。紙のような顔色をしている集を見て、眉を顰《ひそ》めている。

「どうした?」

「じいちゃんが」

集がたった一言そう言っただけなのに、佑弥はすぐに異変を察して、家に飛び込んできた。

「じいちゃん」

祖父の部屋の惨状《さんじょう》を見て、呼びかけても返事がないことを確認すると、佑弥がすぐに携帯電話を取り出した。おそらく救急に電話をかけて、祖父の状態や、この家の住所を、冷静に告げている。

「はい。――はい、わかりました。家の者がいるので」

佑弥が集に携帯電話を手渡してくる。電話の向こうからは、救急車輌が到着するまでに、嘔吐物で喉《のど》を詰まらせないよう処置をしてくださいと、誰かの声が告げてくる。集はそのまま佑弥に伝えた。佑弥が集の指示どおりに処置をしているうち、思いのほか早く救急車輌が家の前に止まった。部屋の出入口の前で携帯電話を持ったまま動けない集から、佑弥がそれを取り上げ、叱咤《しった》するように手を握り締めてくる。

「じいちゃんは大丈夫だから、落ち着け。おまえまで倒れたら駄目だぞ」

叱りつけられ、頷いた時、慌ただしく救急隊員がやってきた。

「集、どうしたの!」

サイレンの音を聞きつけた寛子も姿を見せた。祖父の様子に、さすがに寛子も青くなっている。

寛子が来てからも、佑弥は集の手を握ったままだった。集もそれを振《ふ》り解《ほど》くことができずに、力の入らない手で、何とか握り返そうとする。そうしていないと、寛子がいようが救急隊員がいようが、混乱して、泣き喚《わめ》いてしまいそうだった。

「ご家族のどなたかご一緒に来てください」

祖父が担架《たんか》に乗せられ、救急車輌まで運ばれていく途中、救急隊員に声をかけられた。佑弥が集から手を離し、代わりに背中を押してくる。

集は佑弥を振り返った。

「あとから行くから。じいちゃんについていてやれ」

力強く言われて、集はぎこちなく頷き、運ばれていく祖父に続いて部屋を出る。励ましてもらったのに、ずっと悪い夢を見ているような気分だった。

◇◇◇

町の総合病院に運ばれた祖父は、脳動脈瘤《のうどうみゃくりゅう》が破裂した疑いがあると言われ、すぐに処置が始まった。

医師の説明を受けたがうまく呑み込めないまま、集は治療の同意書にサインをして、あとはただ呆然と待合所のベンチで座りこけていた。

どれくらい時間が経ったのかもわからず、ただぼうっと座っていると、ベンチに置いた手の甲に温かいものが触れた。

のろのろ見上げたら、隣に佑弥がいた。約束どおり、来てくれたのだ。集は佑弥に運ばれた先も何も連絡しなかったから、辿り着くまで苦労しただろう。

「……どうしよう。俺が、馬鹿なこと考えたから」

ずっと頭を巡《めぐ》っていた後悔が、佑弥の顔を見た瞬間、堰《せき》を切るように集の中で溢れ出てきた。

佑弥は黙って集を見ている。

集は昼間、自分が祖父の死後のことを想像してしまったこと、そのせいで祖父が倒れたのだと、支離滅裂《しりめつれつ》な説明を佑弥に繰り返した。

「罰《ばち》が当たったんだ。きっと……」

「罰なんか当たらないよ、集」

ぎゅっと、痛いくらいの力で手の甲を握り締められた。

「今一番辛いのはじいちゃんだ。じいちゃんが当たったのは罰なんかじゃないよ」

「――」

また泣《な》かないように項垂《うなだ》れた。情けなくて泣けてくる。

「俺は、自分のこと、ばっかりだ」

自分が原因で自分が辛いことを、他の何かのせいに押しつけようとばかりしている気がする。

後悔と罪悪感に押し潰されそうになる集の手を、佑弥が握ったまま揺らした。

「余計なこと考えるな。じいちゃんの無事だけ祈ってよう」

「……うん」

佑弥がいてくれなかったら、それこそ自分まで具合を悪くして倒れて、要《い》らない迷惑をかけていたかもしれない。集は深呼吸して、落ち着けと、自分に言い聞かせた。

少しでも気を抜けば怖い結果ばかりが頭に浮かびそうになる集の手を、佑弥はずっと握ってくれていて、そのおかげで集は馬鹿みたいに泣きじゃくることはせず、どうか祖父が助かりますようにと、祈り続けることができた。

◇◇◇

集にとっては途方もなく長い時間に感じられたが、あとで佑弥に聞けば、開始から三時間経たないうちに治療が終わったらしい。

「じいちゃん、大丈夫だってさ」

手術中

うまく頭が働かないままの集を心配して、一緒に説明を聞いた佑弥が、医者と別れたあとに改めてそう説明してくれた。

「また血管にできたものが破裂するかもしれないから、しばらく様子を見て、悪くなったらもう一回処置しなきゃいけないけど、とりあえず手術はうまくいったって」

集はぼんやりと佑弥を見上げた。

「治療と、定期的に検査は必要だけど、脳梗塞《のうこうそく》にならなければ一週間も経たずに退院して、家でいつもどおりの生活ができるって」

「……え、手術したのに？　そんな早く？」

「頭開いたわけじゃなくて、血管にカテーテル入れて治療したんだよ。動脈瘤の場所が処置しやすいとこにあって、うまくいったから、多分深刻な後遺症もないって」

「……」

集はそのまま廊下にへたり込みそうになった。すぐに佑弥が支えてくれる。

佑弥は入院の説明を聞いたり、手続きをする時も集と一緒にいてくれた。

「ごめん……佑弥に頼り切ってちゃ駄目だってわかってるんだけど」

「家族の一大事だろ、取り乱したって普通だよ。それにこういう時は、頼られない方が心配だ」

入院のしおりを渡されたところで何ひとつ頭に入ってこない集に、佑弥が笑う。

「集はじいちゃんについててやればいい。着替えなんかは、今母さんが支度してくれてるから、こっちに任せとけ。家も片づけとくし」

「ごめん、ありがとう……」

佑弥は面会時間が終わるまで、集と一緒にいてくれた。途中寛子が必要なものを届けに来てくれる。

「佑弥をこき使っていいのよ。私もお父さんも、何かあったらすぐ飛んでくるからね」

息子同様、寛子も優しく集を励ましてくれる。この人たちが近くにいてくれてよかったと、集は心の底から感謝した。

面会時間が過ぎ、集は泊まり込んでいいと言われたので病院に残り、佑弥は家に帰った。

もう心配はないと医者に言われはしたが、眠ったままの祖父のそばで、集は結局一睡もできなかった。

9

医者に言われたとおり、祖父は少しだけ入院することになった。

麻酔から覚めた祖父は集《あつむ》の予想以上に元気で、倒れる前とそう変わりはなく、驚いた。窶《やつ》れているようには見えたが、いつもどおり笑っている。

少しだけ手脚が動かし辛《づら》くはなってしまったので、さっそくリハビリだと言って、胡桃《くるみ》の実をコリコリと掌《てのひら》で握ったりし始めている。

手術直後は個室に入れられ、集もそこに泊まったが、翌日には大部屋に移された。大部屋に家族が泊まることはできなかったので、仕方なく夜は家に帰り、昼間はずっと祖父と一緒にいた。

「手術はうまくいったけど、また同じ症状が出ることが多いっていうから、無理しないで、酒は控《ひか》えて」

口うるさくなった集に、祖父は笑っている。目が覚めてすぐ、心配かけたことを謝られた。集は泣きそうになるのを堪《こら》えなくてはならなかった。何だか最近すっかり涙腺《るいせん》が緩《ゆる》い気がする。

祖父が退院するまでは店を臨時休業にして、舞彩《まい》たちとの活動には顔を出せずにいた。彼らも「こっちはいいから、おじいちゃんといてあげて」と気遣ってくれた。

面会時間を終えて家に戻ると、何も言わなくても、仕事帰りの佑弥《ゆうや》が集の家に来てくれた。

「心配しすぎだって、俺もわかってるんだけど。でも本当にあの時、怖くて……」

祖父の世話は着替えも清拭《せいしき》も病院がやってくれたが、集は気苦労でぐったりして、ベッドに突っ伏していた。佑弥は床に座ってそれを見守っている。

「じいちゃんこれまで病気ひとつしたことなかったからさ……次の検査の日が来るまで、落ち着ける気がしない」

「──疲れてるとこに、ごめん」

「え？」

改まった声音で呼びかけてきた佑弥に、集はベッドに伏せていた顔を上げた。

「しばらく考えてたんだけど、決めた。集とのこと、父さんと母さんに話す」

「……え？」

一瞬理解できなかった佑弥の言葉が頭に入って、集は慌てて起き上がった。

「え、な、何で、急に」

「急にっていうか、集の気持ちを聞いた時から考えてたんだよ。永遠に隠し通すことはできないだろ。うちと集の家、親戚みたいっていうか、家族同然な付き合いなんだし」

どうやら佑弥は今回の祖父のことで、気持ちを固めたらしい。

「今回は集が大変だったけど、俺が取り乱した時は、正直周りに気遣いなんかできないと思うし。様子見て勘繰られるより、先に話した方が絶対にいい」

「……」

佑弥がそばにいて、手を握っていてくれたから、祖父が運ばれる間も手術の間も耐えられた。誰かに見られることなんて気にしていられなかった。

「何かあった時、俺は真っ先に集のとこに行きたいし、集にもそうしてほしいよ。そのためには、周りの理解は絶対に必要だ。俺がちゃんと、二人に説明するから」

佑弥の言うことは、集にもわかる。

人の噂話を避《さ》けるより、親しい人の助けを得ることを選んだ方がいいと、頭ではわかる。

「俺はもう一生集と添い遂げるって決めたんだ。どうせいつかは乗り越えなきゃいけないところだ」

それでも返答を迷う集の背中を押したのは、笑いながら佑弥が言った言葉だった。

重たくはない響きだったのに、集は佑弥がもうとっくに覚悟を決めているのだと気づく。

「……わかった。俺も、もう、佑弥がいない生活とか、考えられないし……」

頷く集を、佑弥がじっと見ている。集も佑弥を見返した。

「だから、俺も一緒に話す。……俺たちのことなのに、佑弥だけに説明させるの、変だろ」

そう告げた集に、佑弥が顔を綻《ほころ》ばせる。その嬉しそうな顔を見て、集は本当に、もう二度と佑弥と離れたくないし、離れられないだろうなと、自分も覚悟を決めた。

◇◇◇

田橋《たばし》家の居間で、四人してダイニングテーブルを囲み、集の向かいに座っていた宏則《ひろのり》は黙り込み、佑弥の向かいに座っていた寛子《ひろこ》は頭を抱えた。

「そりゃねえ、そりゃあ、仲がいいとは思ってたけど、兄弟みたいなもんだろうなって……」

主に佑弥が、ときどき集が同意して頷くような形で、二人に自分たちのことを打ち明けた。

「……そりゃあ佑弥が高校生くらいの時には、もしかしてって思ったこともあったけど、考えすぎだろうし、東京で就職するって聞いた時には、寂しいけど安心もしてたのに……」

寛子たちに勘付かれていたらしいことに、集は血の気《け》が引いていた。

「そりゃあ佑弥だって集だって幸せになって欲しいと思ってたけど、諦めがつくならその方がいいって静観《せいかん》してたのよ、ねえお父さん……」

寛子に同意を求められるが、宏則は無言のまま答えない。

動揺する集とは対照的に、佑弥は平然としているように見える。佑弥の方は、気づかれていることをわかっていたのかもしれない。

「だから東京から女の子二人も連れて来た時には嬉しくて、やっと諦めたんだって、ねえ、お父さん。ちょっと、聞いてるの！」

黙りこくっている宏則に、寛子が怒って立ち上がったと思ったら、そのまま力が抜けたように座り込んでしまった。

「お、おばさん」

「大丈夫よ、大丈夫。ちょっと、血圧上がっちゃって……」

慌てて腰を浮かせる集に、寛子が片手で頭を抱え、片手で手を振っている。

「ちょっと急には、どうとも言えないわ。少し考えさせて。お願いよ」

「わかった」

母親の言葉に、佑弥はすぐに頷いている。やはり佑弥は落ち着いているようだ。

――集の方は、これでもう寛子や宏則には息子を奪った厄介者《やっかいもの》だと疎《うと》まれて、縁が切れてしまうかもしれないと感じて、怖かった。

(俺がいたら、よけい具合悪くなるかな……)

そう思って、そっと居間を出ていこうとする集を、寛子が顔を上げて呼び止めた。

「あ、集、帰るなら煮物持って行きなさい。あんた、ちゃんとごはん食べなきゃ駄目よ、真っ白い顔しちゃって」

「……」

集は足を止めて、目を凝《こ》らし、寛子を見遣った。

寛子は怪訝《けげん》そうな表情になっている。

「どうしたの？　何変な顔してるの、集」

首を傾《かし》げる母親に、佑弥が笑った。

「母さんがあんまりいつもどおりだから、びっくりしたんだよな」

佑弥が言うと、寛子の方こそ驚いたように目を丸くして、それから、急に怒り出した。

「やだ、何言ってるの、当たり前でしょっ！　馬鹿ね！」

怒られて、悲しかったわけでもないのに、集は我慢できずに俯《うつむ》いて泣いてしまった。

本当に、涙腺が緩すぎていけない。

「ああ、もう……」

泣く集を見て、寛子も泣きそうに顔を顰《しか》めて、立ち上がった。

「ちょっと、保留。考えさせて！」

少し癇癪《かんしゃく》を起こしたように声を上げて、寛子が集より先に居間を出ていく。

小さくしゃくり上げる集のそばに佑弥が寄り添って、背中を撫でてくれる。

宏則は困ったような、考え込むような顔で、結局最後まで何も言わなかった。

◇◇◇

祖父の退院の日が決まった。予定より早く、運び込まれてから五日で退院できることになった。もう明日だ。

相変わらず胡桃をコリコリ握りながら、祖父は部屋備え付けのテレビをイヤホンをつけて見ている。少しだけ数字を把握《はあく》する力も落ちてしまったと医者に言われたが、でも、見た目でほとんど変化はない。

(じいちゃんには、まだ言えないよな)

せっかく順調に退院が決まったのだ。精神的なものは関係ないと言われたが、心配をかければ、体にいいわけがないと集は思う。

面会時間が終わり、明日迎えに来る約束をして、集は家に戻った。

昨日、寛子は一人きりの集を心配して夕食に招いてくれたが、集は田橋《たばし》家に足を向けることができなかった。どんな顔で寛子たちに会えばいいのか決めかねていた。

「集の分も、飯用意してくれてるから」

今日も仕事を終えた佑弥が呼びに来てくれたが、集は困って首を振った。

「いや……気に懸けてくれて嬉しいけど、おばさんたちが落ち着くまでは……」

断ろうとする途中、佑弥を押《お》し退《の》けるようにして、その背後からぬっと寛子が現れたので、集は仰天《ぎょうてん》した。

「もう！　集がそんな他人行儀になるくらいなら、結婚くらいすればいいでしょ！」

突然現れて、突然何を言うのかと、集は呆気《あっけ》に取られる。

「け、結婚って」

話が一足飛びに、しかも斜めに飛びすぎている気がする。集はぽかんとするものの、佑弥は嬉しそうな顔をしていた。

「いいからちょっと、来なさい！　お父さんも待ってるから！」

寛子に強引に田橋家まで連れて行かれた。集は数日前と同じように、彼らと向かい合い、佑弥と並んで、ダイニングテーブルに着いた。

「——でも、ご近所には隠しなさいね。変に噂をする人は必ず出てくるから」

特に前置きはなく、集の家の玄関先での続きを、寛子が始めた。言うことはもっともだと集は神妙に頷いたが、佑弥は不満そうだった。

「俺は、集を好きなことを恥ずかしいとは思わない」

「あんたが恥ずかしくなくたって、おもしろおかしく言う人だの、気を遣いすぎてぎくしゃくしちゃう人は出てくるものなの、今の集みたいに！」

寛子に指差され、集は何か面目《めんぼく》のない気分になって肩をすぼめた。

「ずっと隠してろとは言わないわよ、この先あんたたちが一緒に居続ければ、知られることだろうし。でもここは小さい町なんだから、あんまりみんなを驚かせないであげて」

「……変に言う人も、必ず出てくるだろうけど」

先日から無言を貫《つらぬ》いていた宏則が、ようやく口を開いた。集も佑弥も、揃って相手を見る。

「わかってくれる人も必ず現れる。そういう人たちを少しずつ味方につけて、変に言う人の方が変、くらいな空気を作っていくんだ。それでおまえたちは、堂々としてなさい。いや、堂々と人前でその、アベックのように振る舞えというわけじゃないけど」

「アベックって何？」

自分とよく似た温和な顔立ちの宏則に、佑弥が訊ねる。寛子が、「カップルよ、カップル！」と横から口を挟んだ。

「とにかく、うまくやりなさい。おまえたちが自分たちを間違ってない、恥ずかしくないって思ってたって、間違ってる、恥ずかしいことだって思う人はいる、それは仕方ない。そういう人たちにとって、自分が間違ってると思うことを真正面からぶつけられることは暴力なんだ。逆もそうなように」

宏則も、ここ数日――いや、ずいぶん前から、集と佑弥のことを考えてくれていたのかもしれない。淡々と諭《さと》すように言う相手に、集も佑弥も、揃って頷いた。宏則が少し笑う。

「ゆっくりやっていきなさい。お父さんとお母さんが、最初の味方になるから」

「孫見せられなくてごめんな、父さん、母さん」

佑弥が改めて頭を下げ、集も慌ててそれに倣《なら》うと、寛子が大袈裟《おおげさ》なくらいの勢いで溜息をついた。

「うちはただのサラリーマンの家だし、跡継ぎがどうこうっていうほど立派な血筋なんかでもないし、田舎の方に本家だ分家だあるけどうちはほとんど関わりないから、別に佑弥のところで途切れても、どうって話じゃないわよ。子供が欲しけりゃ今から自分たちで頑張るわよ、ねえ、お父さん」

自棄糞《やけくそ》のように言った寛子に、宏則が咳払《せきばら》いして、集は笑っていいのか、真面目に聞いていいのか決めかねて、困った挙句に佑弥を見た。

佑弥は集を見返して笑っている。「大丈夫だっただろ？」と視線で言われているようで、それでやっとほっとして、集も笑うことができた。

◇◇◇

それでも寛子はずいぶんと感傷的になっていて、早々に部屋に引っ込んでしまったので、集も長居しないようにと手早く夕食を食べてから自宅に戻った。

そこに、あたりまえのように佑弥がついてくる。

そしてあたりまえのように集の部屋にも上がり込んで、あたりまえの仕種で集を抱き締めてきた。

集も佑弥を抱き返し、どちらからともなくキスをした。

ずいぶん久しぶりに触れ合う気がした。

しばらく立ったまま佑弥の感触や匂いを堪能《たんのう》してから、集はふと、部屋の窓のカーテンが開けっ放しなことに気づいて、焦《あせ》った。レースの遮光《しゃこう》カーテンは引いてあるが、抱き合っている影が外から見えてしまうだろう。

急いでカーテンを閉めていると、後ろからまた佑弥に抱き竦《すく》められた。

「……あの、さ……話して、わかってもらえたみたいなのは、嬉しいんだけど……」

佑弥は集の髪に鼻面《はなづら》を埋《うず》め、こちらはこちらで集の匂いや感触をたしかめるような仕種をしている。

「でもこういうの、おじさんとおばさんに知られてるとか……恥ずかしいんだけど……」

集の家のすぐ裏には、彼らの住む家がある。一軒家だから音が響くわけでも気配が届くわけでもないだろうが、さっきの今で佑弥と仲よくすることに、集はどうにもならない羞恥心《しゅうちしん》を感じてしまう。

「話す前に、やっちゃえばよかったかな」

佑弥が軽口を叩くので、集は赤くなりながら、自分の腹に回る相手の手を殴りつけた。だが佑弥がダメージを受けた様子はない。

「……周りにも知られて、変なふうに噂が立つのも嫌だけど……受け入れられて、見守られるのも、何かちょっと」

「そんなに近所の目が気になるか？」

言いながら、佑弥の手が集のジーンズからシャツの裾《すそ》を引っ張り出している。もう、直接肌に触る気で一杯のようだ。いかにも、やるぞ、という空気を急に出されるのにも、集は困惑する。

「それとも、照れてる?」

どうせ佑弥は、わかっていて訊ねているのだ。

「……両方」

隠しても仕方がない、正直に打ち明けた。

「俺は、こういうの、本当全然だし……どうせ佑弥は知ってるだろうけど。デートとかすら経験ないし」

「デートならしたことあるだろ、俺と」

順調に集のシャツのボタンを外しながら、佑弥が言う。あったっけ、と集は首を捻《ひね》った。付き合い始めてから、せいぜいいつもの閉店後の喫茶店に行った覚えしかないのだが。

「俺は集と出掛ける時、いつでもデートだと思ってたよ。子供の頃からずっと」

「……佑弥、すごいなあ」

感動していいのか、呆れていいのかわからずに集が呟くと、シャツを脱がされ剝《む》き出《だ》しになった背中に、唇をつけられた。それだけで小さく震える自分の反応にも、集は呆れた。

「だから、いい加減待てない」

耳許で囁かれ、身震いした時には、体が浮いていた。気づけばベッドに横たえられ、上に真面目な顔の佑弥がのしかかっている。緊張した空気を和《やわ》らげたくて、何か軽口を叩こうとしたけれど、それを阻《はば》むように、降りてきた佑弥の唇に唇を塞《ふさ》がれた。

恥ずかしい、という以外に佑弥を拒む理由はもうない。あるのかもしれないけれど、今触れ合っている幸福を犠牲にしてまで必要なものはなかった。

横たわって佑弥に口中を舌で探られると、どちらのものともわからない唾液《だえき》が、呑み込み切れずに唇から溢れる。濡れた音が間近に聞こえて、また恥ずかしい。

キスを休みなく続けられ、さすがに息苦しくなって身動《みじろ》ぐと、ようやく解放された。佑弥の顔を見られなくて目を逸《そ》らしながら、濡れた口許を手の甲で拭《ぬぐ》っていると、ジーンズのボタンに手をかけられた。集は佑弥の動きをうまく手伝いたかったが、緊張しすぎて、体中ががちがちに固まって、むしろ佑弥はジーンズを脱《ぬ》がし辛《づら》そうにしている。

身を固くしている集に気づくと、佑弥は一度ジーンズから手を離した。その手で、集はベッドの上に体を起こされる。目を覗き込まれた。

「そんな、身構えなくていいから」

「そ、そう、言われても。何が起こるんだか、わかんないし……」

こういう時どうするものなのか、何が正解なのか、変な反応をしてしまわないか、わからなすぎて、集は混乱している。

宥《なだ》めるようにキスされても、最初からうるさかった心臓が余計にばくばくするだけで、ちっとも落ち着けない。

「特別なことだけど、特別なことじゃないから」

集の髪を撫でて、佑弥が言う。何を言っているのかわからず、集はぎこちなく首を捻った。

その仕種を見て、佑弥が笑っている。決して馬鹿にするような笑いではなかったから腹を立てたり萎縮《いしゅく》したりはせずにすんだが、とにかく、恥ずかしかった。

「ただの日常の延長だよ。俺は集にいつでも触れてたいし、好きだって言いたい。そういうの続き。……集も、触りたいように俺に触って」

「……」

集はどうにかまたぎこちなく頷くと、そっと、佑弥の頬に触れてみた。すると佑弥が顔を綻《ほころ》ばせるので、それが嬉しくて、今度は両手で頬を挟んでみる。自分をみつめる佑弥の眼差しが優しいから、少しほっとして、自分から相手の唇に唇を寄せた。

(触られるのも、触るのも、気持ちいい)

もうそれを知らなかった頃には戻れないだろう。

集は自分ばかりシャツを脱がされているのが不満だったので、佑弥の服も脱がせに掛かった。佑弥も、脱がしかけだった集のジーンズに再び手をかける。

二人して、自分で自分の服を脱ぐのよりもだいぶ時間を掛けて、あちこち触れ合いながら、どうにか裸になった。

佑弥はまるで遠慮のない視線で、集の裸を見ている。細かいところまで漏らさず見ておこう、という気分が透けて見えて、集はさすがに耐えきれず、赤い顔で目を瞑《つむ》った。

「待て、佑弥、見過ぎ……」

「そりゃ、見るよ。もう何の遠慮もいらないんだから」

おまけに遠慮なく触ってくる。首筋や腕を撫でられ、それよりは優しい仕種で胸の辺りを撫でられ、少しだけ存在を主張する豆粒のような乳首に指の先でそっと触れられて、集はまた身を固くした。

「……触り方、おかしい……」

「ご、ごめん。遠慮した方が、不自然だな」

意を決したように、佑弥がもう少し強い力でまた乳首に触れてくる。

「いや、どっちにしろ、恥ずかしい……」

そこを触られるとは、予想外だった。それでも集は逃げたりしないよう、佑弥の邪魔をしないよう、ベッドの上に正座して、シーツの上で拳《こぶし》を握り締める。触りたいように触ろうと言って始めたのだ。逃げるわけにはいかない。もう二度と佑弥を拒まないと決めたのは、この先一生、ずっとのことだ。

——しかし、指で摘《つ》まれ、捏《こ》ねられるに至り、くすぐったいのか少し気持ち悪いのかよくわからない感触に翻弄《ほんろう》され、集は耐えきれずに小さく呻き声《うめごえ》を漏らした。

「痛い……か?」

「……痛くは、ないけど、何か……変な感じ……」

自分も佑弥に触れ返すべきな気がしたが、正直、それどころではない。

「……ぁ……ッ」

挙句、佑弥が今度は顔を近づけ、指で刺激されたせいで尖《とが》り始めた乳首に唇をつけたもので、呻き声というよりは小さな悲鳴が口から飛び出てしまう。

佑弥は片方の乳首を唇で食《は》んだり、舌で突いたりしながら、集の腰の辺りにも掌《てのひら》で触れてきた。

集はつい、文字通り逃げ腰になる。拒まないと決めていたって、キスして、胸に触られているうちに性器が反応しかけていることとなんて、知られたくなかった。

落ち着くまで少し待ってくれ――と泣き言を言いかけた集は、佑弥の仕種を見ていられずぎゅっと閉じていた目を開き、つい身動いで、佑弥の方も集に触れているだけで体を昂《たか》ぶらせつつあることに気付いた。

お互いさまだからと安心するどころではない。子供の頃以来、相手の性器など目《ま》の当たりにして、それが体と共にずいぶん成長して、おまけに上を向き掛けているところを見て、何かガツンと頭を殴られたような心地になった。

（……大……きい……）

それについて、どの辺りにショックを受けているのか、集自身わからなかったが。

混乱する間にも、佑弥は丁寧に集の体に触れている。

正座をしていた足を崩され、開かされ、今はようやく胸を解放され、代わりにまた深くキスされながら、佑弥の手で性器を扱《しご》かれている。

「んっ……、ん……、う……」

唇と下肢《かし》の方から、少しずつ濡れた音がする。

（俺も、佑弥の）

成長ぶりに怯《ひる》んでいる場合ではない。自分ばかりこんなにも気持ちよくしてもらうのでは不公平だ。集は利《き》き腕を伸ばし、佑弥に触れようとした。が、目測《もくそく》を誤って、さっきから触りもしないのにますます大きくなっている性器ではなく、相手の脇腹をくすぐるような仕種になってしまった。

「……ッ」

咄嗟《とっさ》に佑弥が身を引いて、俺は我慢してるのにと集はムッとしながら、それを追い掛けるために、少し腰を浮かせた。

その動きを佑弥は見過ごさず、浮かせた腰を、片腕で抱き止められてしまった。

するりと背筋から尻の方まで撫で下ろされ、変な声を上げそうになって集は慌てる。反射的に佑弥の頭にしがみついた。ちょうど、すっかり固くなった性器が佑弥の胸辺りに当たってしまい、さらに焦《あせ》って後退《あとず》さりかけるが、腰を押さえ込まれているので動けなかった。

「ゆ、佑弥」

強張《こわば》った声を漏らしたのは、指で尻の狭間を押し開くような感触がしたからだ。

乏《とぼ》しい知識をフル稼働《かどう》して、集は佑弥が何をしようとしているのか、自分がこれからどこに何をされるのか、察してしまう。

予想どおり、尻の窄《すぼ》まりから、佑弥の指が入り込んでくる。

「……!?」

感触は未知すぎた。佑弥の指は濡れていたから、いつの間に、何で濡らしたのか。

思考が及ばないうちに、体の中をその指で探られる。

(何だ、これ)

中を擦《こす》るように動かされると、体が勝手に震える。痛くはない。が、違和感がひどい。そこに、そんなものを入れるべきでない。

そう思う反面で、佑弥に、好きな人に、体のそんなところにまで触れられているという衝撃が、妙な喜びになることにも気づいてしまった。

(もっと、何でも、してほしい)

とてもそう口に出せるものではなかったが。

（もっと、くっつきたい）

佑弥は一体何を支度していたのか、集の見えないところで、見えない場所に、何かぬるぬるした柔らかいものを指で塗り込めている感じがする。その冷たさとぬめり方が、さすがにちょっと気持ち悪かった。

「佑弥、何……？」

「集が、なるべく辛くないように……」

答えになっていないような答えを言いながら、佑弥がそのぬるぬるした、クリームのようなものを、集の穴の中に塗り込めた指を抜き出した。集の体が勝手に震える。

少し体を押し遣られ、集は自分がすっかり佑弥の頭を抱え込んでいたことにやっと気づいた。これでは佑弥は苦しかっただろう。心配で顔を覗き込むが、佑弥は辛さとは無縁の、夢見心地のような表情になっている。きっと自分も今こんな顔をしているのだろうと、鏡なんて見なくても集は簡単に想像できた。

が、改めて相手と向かい合い、胡座《あぐら》をかいている佑弥の足の間にあるものを見て、集は少し怖《お》じ気《け》づいた。

「……これ……を、俺に、ええと中に、入れる……ってこと……だよな……」

ここまで状況証拠を揃えられれば、集だってこの先の展開を間違いようがない。

そして目はどうしても、がちがちに固くなり、支えずとも上を向いている佑弥の性器に向かってしまう。

「いきなりは無理なら、今日はここまででも……」

明らかに怯んでいる集に、佑弥が困ったように言った。

「だ、大丈夫、我慢……できる……」

どくどくと心臓がものすごい速さで打つのを感じながら、集は頷いた。

佑弥には苦笑されてしまった。

「我慢させたいわけじゃないよ」

優しい佑弥は、自分のために集に辛い思いをさせたくないとか、そういうことを考えているようだ。

集は佑弥の昂ぶりきった性器を見ても、自分の体だってまるで興奮を消せずにずっと勃《た》ちっぱなしなことに気づいて、意を決した。

「だって、そんな、おまえ……して、ほしいとか、言えないだろ、バカ」

ここでやめられるのは、むしろひどいと思う。

集はもう、佑弥と繋がりたい気持ちで一杯だった。

「……いてて」

佑弥が腹を押さえていた。

「やばい、一回、出してからでも」

「何で。触りたいように触れって佑弥が言ったんだろ。俺だって……触りたい、ちゃんと」

「待て待て、ちょっと」

集は佑弥を逃がさないように相手の足の間に手を伸ばしかけるが、それを摑んで阻まれた。

「わかった、でも、無理そうならやめるからな？」

「うん」

頷いて、集は改めて佑弥と向かい合って、膝立ちの状態で、その肩に手を置いた。

佑弥は集の腰と、自分の性器を支えて、触れ合うようにと体勢を整えている。

集は佑弥に促されるまま、その昂ぶりの先を体に押し当て、ゆっくりと身を沈めていった。

「……ッ……」

思った以上の圧迫感というか、存在感だった。

強引に、力尽《ず》くで、体の中を押し広げている感触がある。

こんなの本当に無理かもしれない——と気持ちは竦みかけたが、体の中に塗り込められたもののお陰で、思ったよりもなめらかに、佑弥の昂ぶったものが滑《すべ》り込《こ》んでくる。

「んっ、……う、んッ」

繋がったところがじくじくと疼《うず》く。痛いような、痛くはないような、変な感じだった。

気づけば全身から汗が滲《にじ》み、目尻からも涙が零《こぼ》れてしまっている。勝手に呼吸に声が混じる。

佑弥のものを収めている体が波打って震えた。

「集……」

　時間をかけて、収められるところまで佑弥のものを体に収めきった集の名前を佑弥が呼んで、背中を撫でてくる。その感触に体が震えた。

「な、何か、すごい……」

　集にはそれしか言えなかった。繋がったところだけではなく、全身が脈打ってる感じがする。もう、未知の世界だった。体中で佑弥の存在を感じる。中に入り込んでいる佑弥の形が、どういうわけかくっきりわかる気がした。さっき、つい凝視《ぎょうし》してしまったから、それを覚えているだけかもしれないが。

「何だろう、これ、すごい……すごく、嬉しい……」

　好きな人とこんなふうに体を繋げることが、こうまで感動的に幸せなことだなんて、思いもしなかった。

「すごい、佑弥の、って感じ、する」

　嬉しくて笑うと、目尻に溜まっていた涙が零れた。何で泣いているのか我ながら謎だった。その涙を佑弥が掌《てのひら》で拭《ぬぐ》ってから、集の顔中に唇をつけてくる。慈しむような仕種が集をより幸せにさせた。

　みつめると、佑弥も集の目の前で、幸福そうに笑っている。

「……千切《ちぎ》れる……」

少し冷や汗を掻《か》いていた。

「本当に、す、すごい、思ったより、狭、くて」

「え、ど、どうしよう」

「ごめん、気持ちよすぎて」

佑弥が辛いのかと思って慌てたが、実際少し辛いのだろうが、それよりも陶酔《とうすい》したように心地よさそうにしているから、集はその表情に気づいて、背筋を震わせた。

「すぐいきそう……だけど、勿体《もったい》ないから、まだこのままでいたい」

集の背中を撫でながら佑弥が言う。集は頷いて、少し息を吐くと、佑弥の方に凭《もた》れた。

「……もし、誰かに、こういうことするのが間違ってるとか、言われたとしてもさ」

集の背中を抱きながら、佑弥が呟いた。

「え?」

「知るか、って答えるよ、俺は。誰に何言われたって、集とこうしてられるなら、笑って、馬鹿なこと言う相手を気の毒だと思うだけだよ」

「……うん」

そうか、もっと早くそれを知っていればよかったと、集は自分の無知を悔やんだ。

佑弥が好きで、好きでいてもらって、こうして繋がることは、恥ずかしいことでも間違ったことでもない。

ただただ幸せで、心地がいいだけのことだった。

「……俺も、そう思う……」

抱き合ううちに、集の中で佑弥と繋がっている場所が、また疼いてくる。

その疼きをどうにかしたくて、集は少し身動いだ。

途端、また未知の感覚が生まれた。

「あっ、ん……」

勝手に漏れた自分の声が、やたら甘くて濡れたような響きであることに、集は驚く。

そんな集の反応に気づいて、佑弥もゆっくりと、下から集の中を擦るような動きで腰を揺らした。

「や……、……ぁ……」

集は佑弥の首筋に縋《すが》りつくようにまた身を寄せて、佑弥が強くその背中を抱き寄せて、肌を密着させながら、好きなように、繋がったところを擦り合わせていく。

あとからあとから上擦った響きの声が漏れていくのが恥ずかしくて、集は自分から佑弥の唇に自分の唇を押しつけた。

自然と深く舌を絡《から》め合いながら、集は佑弥を体の中に受け入れたまま何か引《ひ》き摺《ず》り出されるように射精した。

いった、と自分でよくわからないままに達して、強張る体を佑弥に押さえつけられ、より深いところまで中を貫かれ、体液を注《そそ》ぎ込まれる。また勝手に体が、波打つように震える。途中から何が何だかよくわからなくて、必死に佑弥にしがみついていた。

「……佑弥、もう、いなくならないよな」

どうして急にそんなことを訊ねたのかも、集は自分でよくわからなかった。

佑弥は問い返したりせず、ぎゅっと集を抱き返して、頷いてくれた。

「うん。一生かけるって、最初から言ってるだろ」

最初から――初めて告白された二年前も、たしかに佑弥はそう言った。

集は細く息を吐きながら、安心して、頷く。

安心したはずなのに、涙が止まらないのも、我ながら不思議だった。

◇◇◇

翌日、祖父は無事退院した。

佑弥は仕事があるはずだったが、わざわざ休みを取って、迎えに来てくれた。タクシーに乗るつもりだったのだが、車を出してくれたのだ。

集は祖父を佑弥に任せ、入院費を支払いに精算所に向かった。

用事を済ませて戻ってくると、佑弥と祖父が、集の方に背を向けて、並んで待合のソファに座っている。

「俺さ、集が好きなんだ」

声をかけようとしたが、佑弥が祖父に向けてそう呟いているのを聞いてしまい、集はその手前で動きを止めた。

「女だったら嫁さんにしてる。女じゃないから嫁さんにはできないけど、家族になりたいと思ってる。……いいかな」

佑弥は前を向いたまま、何気ない世間話をするような調子で祖父に告げていた。周りに誰もいない。人の話し声や館内の呼び出し音が賑《にぎ》やかだったから、集のように間近で耳を澄まさなければ、声は聞こえなかっただろう。

「んー、まあ、おまえも、家族みたいなもんだよ。とっくに」

祖父の声も、世間話のような響きで、声には優しい笑いが含まれているように聞こえた。

「じいちゃんは味方だよ」

その声音で、集は、祖父ももしかしたら自分と佑弥のことに気づいていたんじゃないかと思った。

気づいて、何も言わずに、見ていてくれたのだ。

微《かす》かに洟《はな》を啜《すす》りながら、集は二人の前に回り込んだ。佑弥は集に聞かれていたとは思わなかったのか、少しぎょっとした顔をしている。

集は祖父の前に立って、困った顔で笑った。

「ひ孫見せられなくてごめん、じいちゃん」

祖父がいつものように明るい、優しい顔で笑い返した。

「こんな可愛い孫がいるんだからいいよ、二人も」

集は泣かないことができなかった。

退院する祖父を助けるため迎えに来たのに、結局集が祖父に宥《なだ》められ、佑弥にも宥められて、格好付かなかったが、とにかく嬉しかった。

◇◇◇

退院した祖父は数日大人しくしていたが、普段どおりに生活していいと言われたんだしと、またすぐ店に出始めた。

集は舞彩たちとの計画が日を追うごとに具体的に、現実的になり、支援する人も増えてきて、やることが増えてきた。

「店は、いいよ。暇だからさ」

祖父はレジの前で小型テレビを眺めて暇を潰している。そう遠くないうちに、そんなふうに呑気《のんき》に座ってられないくらいにしてやるからと、集は改めて祖父に約束した。

店の前を掃除していたら、出勤前の佑弥と行き合った。

「あれ、遅いな、今日」

「ああ、このまま観光協会に挨拶行ってくるから」

佑弥は仕事として、会社を通して集たち――商店街からの依頼を受けた。

一部頑固な大人を除いて、商店街のほとんどが集や舞彩たちの味方だ。そして商店街だけでは力が足りないからと、佑弥や同じ会社の人たちが、観光協会に本格的な町おこしの提案をしてくれる。

「頑張ってくれ」

集が頼むと、佑弥が笑って、大きく頷いた。

「勿論。俺の夢でもあるんだから、ずっと。いってきます」

「いってらっしゃい」

集は仕事に出掛けていく佑弥を見送ってから、店に戻ろうとした。

そこに、見慣れた自転車が近づいてくる。

「あ、よかった開いてた。いつものちょうだい」

しょっちゅうきなこパンを買っていくいつものサラリーマンだ。集がいつもどおりそれを手渡すと、嬉しそうに受け取った。

「やっぱり昼だけじゃなくて、朝行く時に買えたらいいんだけどなあ、これ。たまに売り切れるし……」

「もう少ししたら、早い時間から営業するようになりますから。そしたら朝来てください」

「マジで！　あ、何か君たち、町おこしとかやってるんだって？　頑張れよ、うち印刷関連の会社だから、何かあったら声かけてくれよな」

サラリーマンは、集に名刺を渡すと、籠《かご》にきなこパンを載せて、自転車で走り去っていった。

集は名刺を大事にレジ台の抽斗《ひきだし》にしまってから、開店準備の続きを始めた。

この先一生大事な人と暮らしていく町で、今日もやることが山積みだった。

あとがき

AFTERWORD

―渡海奈穂―


昔よく行っていた観光地を久しぶりに訪《おとず》れてみたら、話には聞いていたけれどシャッターだらけで、すごく寂しい思いをしました。自分も久しぶりというくらいなのだから、ずいぶん足を運んでいなくて、なのに寂しがるのも勝手な話だよなとは思うんですが。

集《あつむ》たちの町おこしはまだまだこれからというところで話が終わっていますが、ちゃんと成功して、話題になったり、みんなが潤《うるお》うというまではいかないけど、一過性のものではなく、先々もそれなりに商売を続けていけるくらいにはなる……といいな、と思っています。


田舎の閉塞感《へいそくかん》みたいなものが苦手だけど（書く分には）好きで、そういうところで身動きができずに足を抱えて座ってる感じの人が書きたくて、今回書けたので嬉しかったです。

動けない人と、どんどん動くけど動けない人のところに帰ってくる人の話です。

集寄りの視点だったので、佑弥《ゆうや》が頼れる男みたいな雰囲気で受け止められていますが（集にとって）、佑弥視点で見たり、周りから見た佑弥は多分もうちょっと変な人だと思います。多分佑弥こそが「あー、あの……（集が好きすぎてちょっとアレな……）」みたいな噂を立てられてるんじゃないでしょうか。それを知っていたら、集は二年前に佑弥を拒《こば》まず話が終わってしまったかもしれない。

ここまで「二人は末永く幸せに暮らしました」という言葉がしっくりくる話を書くこともそうない気がします。


今回珍しく書く前からキャラクターの外見がある程度イメージしてあったのですが（絵で話が動くことがないので、いつもは全然浮かばない）、金《かね》ひかるさんの描いてくださった集と佑弥が、そのイメージどおりでびっくりしました。すごく嬉しくて、何度も眺めています。ありがとうございます……！

実は別の話を書いていたのにどうもしっくりこなくて止めてこの話を書いたりして、金さん（や担当さんはじめ関係者の方々）には大変ご迷惑をおかけしてしまったのですが、とても楽しく書けた上に素敵なイラストをつけていただけたので、私ばかりハッピーですみません…。

読んでくださったみなさんにも少しでも楽しんでいただければ、色々なところが色々報《むく》われます。よかったらご感想などいただけると嬉しいです。

読んでくださってありがとうございます。感想が大好きです。感想が！　大好きです！

渡海奈穂

この本を読んでのご意見、ご感想などをお寄せください。

渡海奈穂先生・金ひかる先生へのはげましのおたよりもお待ちしております。

〒113-0024　東京都文京区西片2-19-18　新書館
[編集部へのご意見・ご感想] ディアプラス編集部「俺のこと好きなくせに」係
[先生方へのおたより] ディアプラス編集部気付　○○先生

- 初出 -
俺のこと好きなくせに：書き下ろし

[おれのことすきなくせに]
俺のこと好きなくせに

著者：**渡海奈穂**わたるみ・なほ

初版発行：2016年2月25日

発行所：株式会社 新書館
[編集] 〒113-0024
東京都文京区西片2-19-18　電話（03）3811-2631
[営業] 〒174-0043
東京都板橋区坂下1-22-14　電話（03）5970-3840
[URL] http://www.shinshokan.co.jp/

印刷・製本：株式会社光邦

ISBN978-4-403-52397-7 ©Naho WATARUMI 2016 Printed in Japan

定価はカバーに表示してあります。乱丁・落丁本はお取替え致します。

無断転載・複製・アップロード・上映・上演・放送・商品化を禁じます。

この作品はフィクションです。実在の人物・団体・事件などにはいっさい関係ありません。